MERLIN L'ENCHANTEUR

Historien, scénariste et romancier, **Claude Merle** est l'auteur d'une cinquantaine de romans historiques édités par Bayard, Hachette, Autrement, les Éditions Bulles de Savon et Auzou.

Illustration de couverture : Miguel Coimbra

18 rue Barbès, 92128 Montrouge Cedex

ISBN : 979-1-0363-2008-8
Dépôt légal : juin 2021

Loi n° 49-956 du 16 juillet 1949 sur les publications destinées à la jeunesse.

Imprimé en Italie par «La Tipografica Varese Srl», Varese

HÉROS DE LÉGENDE

MERLIN L'ENCHANTEUR

Claude Merle

bayard jeunesse

Chapitre 1

LA CHASSE CRUELLE

John courait de toutes ses forces sur le pré aux corbeaux, à travers les herbes trop courtes pour le dissimuler, mais assez hautes pour ralentir sa fuite.

Les chasseurs l'avaient repéré, six cavaliers bardés de fer dont le fracas augmentait la terreur du fugitif. En talonnant leurs montures, les tueurs auraient pu rattraper leur gibier en quelques minutes, pourtant ils ne se pressaient pas, par jeu, peut-être, pour faire durer leur plaisir cruel.

Le garçon ne pouvait pas leur échapper. Alors, ils le suivaient, poussant leurs montures en arc de cercle et brandissant leurs épieux comme s'ils traquaient un jeune sanglier. Ils le regardaient bondir ; il était agile. Sa tignasse blonde et son surcot rouge disparaissaient, puis reparaissaient suivant les caprices du terrain. Malgré sa rapidité, il n'avait aucune chance contre leurs coursiers. Il n'irait pas très loin. En tout cas, il n'atteindrait pas la forêt qui couronnait les hauteurs du vallon, car c'était là qu'il se dirigeait.

Déjà, il trébuchait, signe de fatigue. Devaient-ils le saisir vivant ou rapporter sa dépouille à Salisbury ? Le duc n'avait pas précisé. « Saisissez l'enfant », c'est tout ce qu'il avait ordonné. Le mettre en cage serait plus amusant ; le duc ferait le reste.

Hugh, le chef de la troupe, avait découvert une de ces cages de belles dimensions dans la maison d'un fauconnier, désertée à leur approche. Il savait où la retrouver. Il aimait répandre la peur, inciter les gens à abandonner leurs maisons, puis se servir comme si la Terre lui appartenait. Le monde était l'héritage légitime des conquérants.

– Tue ! Arwoa !

Derrière lui, John perçut leurs cris et leurs rires parmi le fracas du fer. Il savait quel sort ils lui réservaient. Une heure auparavant, il les avait vus à l'œuvre lorsqu'ils avaient égorgé ses parents avant d'incendier leur ferme. Des tueurs sans Dieu, sans pitié. Dès qu'il avait vu surgir les six démons, son père l'avait poussé dans le lit de l'ancien torrent en lui ordonnant de se sauver. Cependant le garçon n'avait pu se résoudre à l'abandonner. Il y avait aussi sa mère, Will leur vieux serviteur, leur chien, leurs brebis. Tous massacrés, et puis les flammes. L'enfer.

Alors, il avait pris la fuite. Trop tard. Les assassins l'avaient débusqué. Depuis, il courait. Il était vif et connaissait par cœur le pré aux corbeaux, les caprices du val, ses creux, ses pierres tranchantes. Mais contre les immenses cavaliers, il n'était pas de taille.

Pendant un instant, pourtant, il reprit espoir. Il roula brusquement dans la grande fondrière comme il l'avait fait bien des fois. Le creux abritait une tranchée, un tunnel d'épines. Il s'y faufila avant d'attaquer la dernière montée, cent mètres, un peu moins, avant la lisière de la forêt. Sous les arbres, il avait ses caches, ses pièges, ses secrets. Les chevaux ne pourraient pas traverser les fourrés, trop épais. Et si les égorgeurs mettaient pied à terre…

En contournant la fondrière, les chasseurs avaient perdu du terrain. À présent, ils fouaillaient les flancs de leurs montures et pointaient leurs épieux, décidés à en finir avant de perdre leur proie. Et toujours ces cris :

– Tue ! Arwoa ! Tue !

À bout de souffle, John se retourna. Ses poumons étaient en feu ; ses jambes le trahissaient. Au même instant, il crut voir, sur l'autre versant, la fumée qui s'élevait de sa maison incendiée. Au lieu de l'abattre, le souvenir du massacre lui redonna des forces. Il reprenait sa course lorsqu'il heurta le corps d'un homme surgi de terre ou de l'enfer, une sorte de grand vieillard vêtu de blanc qui lui saisit le bras et l'immobilisa. Les cavaliers approchaient, ils étaient presque sur eux. Le vieil homme le tenait. Il allait le livrer à ses poursuivants.

– Lâche ! s'insurgea John en lui décochant des coups de pied.

Mais autant frapper une pierre ! L'homme le souleva sans effort de la main gauche et le tint à l'écart, puis il leva la main droite. John fut alors témoin d'un spectacle extraordinaire : comme frappés par une immense faux, les six cavaliers s'abattirent tous à la fois, guerriers et montures, enchevêtrés, hurlant, hennissant, gémissant, avant de s'écraser contre un mur invisible.

Les bêtes, blessées sans doute, agitaient leurs pattes. Deux cavaliers tentèrent de se relever et retombèrent aussitôt. Seul le chef, Hugh, était déjà debout. Ses mains tâtonnaient sur une surface qu'on ne voyait pas. Il la suivit latéralement, puis l'attaqua avec son épieu sans provoquer un éclat ou un bruit. Tout était étrangement endormi, atone, et, derrière cet écran de silence, les tueurs avaient l'air de gros insectes noirs prisonniers d'une toile d'araignée.

John ne put en voir davantage car le vieil homme le déposa sur le sol, le saisit par la main et le conduisit vers un cheval blanc attaché à un arbre, à l'orée de la forêt.

Il ne faisait aucun doute que le personnage aux allures de moine, avec sa robe de laine blanche, était l'auteur de ce phénomène miraculeux.

– Merci, messire, articula John d'une voix étranglée.

Il reçut en retour un éclair d'yeux bleus où se lisaient la malice et la tendresse.

– Sais-tu qui tu es ? demanda le vieil homme.

– Sûr, dit le garçon, décontenancé. Je me nomme John. Mes parents, Mathias et Louise, me surnommaient Pivert à cause de mes colères, de mes coups de bec.

En évoquant ce souvenir heureux, sa voix se brisa.

– Ces bandits les ont occis.

Le vieil homme posa sa main sur le front de John pour soulager sa douleur comme on guérit la fièvre. Au même instant, le pré, silencieux depuis la chute des cavaliers, s'emplit de bruit et de fureur. John vit avec effroi que trois égorgeurs avaient franchi le barrage invisible, ou bien celui-ci avait disparu. Les brutes fonçaient sur eux en brandissant leurs armes.

Le cheval du vieil homme était proche. Ils pouvaient l'enfourcher et fuir. Pourquoi son protecteur s'arrêtait-il au risque d'être embroché par les épieux des trois monstres ? Il se retourna et leva de nouveau sa main droite. Aussitôt, un souffle de vent naquit. John vit se former un grand tourbillon de poussière et de feuilles, d'où s'échappa une nuée d'oiseaux noirs. Puis, d'un seul coup, la tempête s'abattit sur les tueurs. Le vent frôla ses cheveux avant d'envelopper les cavaliers noirs. Il les souleva de terre et les emporta vers la crête opposée, derrière laquelle ils disparurent, soufflés comme les flammes de trois chandelles.

Le vent s'apaisa aussi vite qu'il s'était levé. Le vallon reprit sa vie paisible. Les oiseaux chantaient. Le soleil baignait le pré d'une lumière dorée. Le seul coursier survivant fuyait au loin.

– Qui êtes-vous, messire ? chuchota John.

– Je m'appelle Merlin.

En disant cela, le vieil homme parut grandir, ou bien le garçon, plein d'appréhension, eut la sensation de devenir plus petit. D'après les gens de son hameau, Merlin l'Enchanteur avait le pouvoir de brûler ses adversaires comme des torches, de les métamorphoser en pourceaux, en limaces ou en araignées. Des fables, sans doute !

Tandis que le magicien caressait le flanc de son cheval et lui parlait à l'oreille, il se rassura. Pourquoi ne pas punir les méchants, ceux qui avaient tué et brûlé ses parents ? Merlin n'avait fait que lui sauver la vie.

Il lui sourit timidement.

– Seigneur Merlin, je vous remercie.

L'Enchanteur lui ébouriffa les cheveux avant de l'empoigner pour le mettre en croupe sur son beau cheval blanc.

– Je te présente Neige, dit-il d'un ton joyeux. Il peut te conduire au bout du monde, ou même dans un autre monde, pour peu que je le lui ordonne. Un autre monde, c'est là que nous allons justement, toi et moi.

Chapitre 2

LES MIROIRS DU PASSÉ

John avait parfois enfourché des roncins, bêtes lourdes, dociles et stupides qui vous secouaient comme des sacs. Neige était bien différent. Sa douceur était telle que le garçon avait la sensation de voyager sur un nuage. Merlin marchait devant eux, infatigable. En une heure, sans galoper, ils avaient franchi les collines du Solway et se dirigeaient vers le nord à travers une région que John ne connaissait pas.

– Où allons-nous, messire ? demanda-t-il, attristé de quitter le pays de son enfance et d'abandonner ses parents qui venaient de perdre la vie.

– Je vais te le dire, répondit l'Enchanteur. Mais sache d'abord que tu n'es pas l'enfant de Mathias et de Louise. Ce qui ne t'empêche pas de les pleurer, car ces braves gens t'ont élevé avec amour comme leur propre fils.

– Pas leur enfant ? répéta John, incrédule.

– En réalité, tu es le fils d'un grand seigneur, le duc de Salisbury.

– Moi ? s'exclama John.

Un grand seigneur ! Malgré le chagrin que lui causaient les paroles du vieil homme, il ne put retenir un petit rire nerveux. Merlin, lui, arrêta le cheval et considéra le cavalier avec gravité.

– Pourquoi suis-je ici, à ton avis ? Dès que j'ai su que ta vie était menacée, j'ai parcouru trois cents lieues pour te protéger des méchants. Vois-tu, ta vie est précieuse : elle est liée à plusieurs destinées dont dépendent l'avenir et le bonheur du royaume de Grande-Bretagne.

« Je n'ai que douze ans et n'ai rien d'un seigneur », faillit objecter le jeune garçon. Il se tut, fasciné par les propos de l'Enchanteur. Comme s'il lisait dans ses pensées, Merlin reprit :

– Je sais bien que tu as douze ans : j'étais présent à ta naissance ! Ton père, Henry de Salisbury, était mon ami. Un cœur noble et un guerrier courageux, fidèle au roi jusqu'à la mort. Mais ce héros avait des ennemis même dans sa propre famille. Votre cousin, Edward Grey, jaloux de sa richesse et de sa gloire, l'a assassiné pour s'emparer du duché. Son crime était habilement monté : on a cru à un raid surprise des Saxons, les ennemis du royaume. S'ils t'avaient trouvé, ce jour-là, il y a dix ans, les meurtriers t'auraient réservé le même sort qu'à ton père. Mais, en voyant son château envahi, Henry t'a confié à un serviteur fidèle, le propre frère de Mathias, ton père adoptif. Tu avais deux ans, à l'époque. Il est normal que tu aies oublié tes origines. Edward, lui, n'a rien oublié. Durant tout ce temps il a suivi ta trace et il a fini par te retrouver. Ton vrai nom est Tristan, Tristan de Salisbury.

John ne put s'empêcher de poser la question qui lui brûlait les lèvres :

– Messire, pourquoi ne pas avoir sauvé mon père, je veux dire le duc, comme vous venez de le faire pour moi, en déchaînant la tempête et en exterminant les assassins ?

Le vieil homme lui lança un regard embarrassé.

– Il y a dix ans, je n'étais pas maître de votre destinée. J'avais assez de mal à diriger la mienne. Mais, depuis, je n'ai cessé de veiller sur toi en attendant le moment propice pour venger le tort subi par ton père et te restituer ton héritage. À présent, l'heure est venue.

Merlin se mit à lui raconter la lutte menée par les deux jeunes rois légitimes, Uther et Pendragon, pour reconquérir le trône d'Angleterre. Cependant, bercé par le récit du magicien et le balancement de Neige, Tristan ne tarda pas à fermer les yeux et à s'endormir.

Lorsqu'il se réveilla, le spectacle était encore différent. Ils se trouvaient maintenant dans une région montagneuse, et le soleil, bas sur l'horizon, annonçait le crépuscule.

Il se frotta les yeux et demanda :

– J'ai dormi longtemps ?

– Le temps nécessaire.

Il n'eut pas le loisir de s'étonner de cette réponse énigmatique, car leur chemin s'insinua entre deux parois rocheuses avant de pénétrer dans une caverne. L'obscurité alarma le jeune garçon.

– Sommes-nous arrivés ?

– Pour cette nuit, répondit Merlin. Ici, nous serons en sécurité.

– Suis-je encore menacé, messire ?

– Peut-être. Edward est diabolique. Ses hommes te recherchent encore.

À présent, Tristan ne distinguait plus le magicien. L'atmosphère était froide et humide comme s'ils s'enfonçaient dans les profondeurs de la terre.

– Quel est cet endroit ? balbutia-t-il.

Au même instant, la caverne s'illumina. Tristan

aperçut des murs de roche transparente pareille à du cristal. La lumière semblait surgir de l'intérieur des parois pour éclairer le cavalier et son guide. Ces murs ressemblaient à des miroirs, mais ils ne reflétaient pas les visiteurs. Les êtres qui s'agitaient devant eux étaient prisonniers du cristal, et si vivants que Tristan eut un recul involontaire.

– Nous sommes dans ton passé, expliqua Merlin. Regarde attentivement ces images : tu dois connaître l'histoire de ta famille pour répondre aux questions de ceux qui douteront de tes origines.

Fasciné, Tristan se laissa glisser à terre et s'approcha des miroirs magiques. Sur le premier, il vit une chambre éclairée par un froid soleil d'hiver. Une femme berçait un enfant. Elle était blonde, mélancolique et fort belle.

– C'est ta mère, Lucy de Meredith, dit Merlin. Son père, ton grand-père donc, était roi de Westland.

– Où est-elle, à présent ? demanda Tristan, ému par la tendresse qui émanait du personnage.

– Elle est morte peu après ta naissance.

L'Enchanteur le poussa devant un autre mur de cristal. Cette fois, la vision était très différente. La violence succédait à la douceur. Trois hommes, l'épée à la main, se défendaient vaillamment contre une trentaine de guerriers habillés et armés à la mode saxonne. Les hurlements des combattants résonnèrent dans la caverne. Tristan sentait vibrer dans sa tête le choc des armes et le craquement des portes enfoncées à coups de hache. L'éclat des torches l'aveuglait.

– Le château de Wash, commenta Merlin. Ton père a été pris au piège avec une poignée de fidèles. Le gros de ses troupes luttait alors en Écosse aux côtés du roi.

– Les Saxons ! s'exclama Tristan.

– Certains d'entre eux, mais pas tous. Edward avait recruté des mercenaires gallois.

Sur la surface de cristal, un homme se distinguait. Son épée faisait des ravages parmi les assaillants. Dans le feu de l'action, il arracha le casque qui l'étouffait et le lança sur ses adversaires. Tristan découvrit un visage aux traits nobles et de longs cheveux d'or. Le duc !

– Ton père était le meilleur chevalier d'Angleterre. Il fallait plus de dix hommes pour l'abattre. Edward en avait recruté cent. Vois comme les Saxons reculent. Ils s'écroulent, certains se rendent. L'épée d'Henry porte le joli nom de Loyauté. Un jour elle sera tienne.

Tristan poussa un cri étouffé. Dans le faux miroir, un homme s'était glissé derrière le duc et l'avait frappé dans le dos. Henry de Salisbury tomba à genoux. Le lâche abattit son épée sur sa nuque. Les autres défenseurs du château tombèrent à leur tour.

– L'assassin est ton cousin Edward. Ton père l'avait comblé de bienfaits. C'est sa manière de le remercier.

– Le félon ! gronda Tristan en se jetant sur le miroir.

– Félon, oui ! N'oublie jamais ce personnage, recommanda Merlin. C'est un serpent dont il faut débarrasser le royaume.

– Il est duc, à présent, soupira le garçon en examinant les cheveux roux, le nez en bec de rapace et le corps vigoureux d'Edward.

– Cela ne lui suffit pas. Il aspire à devenir roi, et, pour y parvenir, il est prêt à trahir son suzerain.

– Que dois-je faire ?

La main de l'Enchanteur pressa l'épaule de son protégé.

– Reconquérir ton duché, chasser l'usurpateur qui fait alliance avec les ennemis du royaume, et devenir le fidèle vassal des rois, Uther et Pendragon. Je serai près de toi pour te conseiller, t'éduquer et te protéger.

L'image du cristal pâlit et s'effaça. Le magicien conduisit Tristan devant un nouveau mur, où se déroulait une scène plus aimable. Une jeune fille, presque encore une enfant, riait en jouant avec un chiot qui grondait. Elle brossait l'animal et lui nouait autour du cou un ruban qu'il tentait d'arracher avec ses dents.

– Voici Elaine, présenta Merlin.

Tristan examina avec curiosité la ravissante frimousse de la fille.

– Ces cheveux roux, ces yeux verts, cette peau claire...

L'Enchanteur acquiesça :

– Elaine est la fille d'Edward.

– Mon ennemie !

– Ta cousine, rectifia Merlin. L'enfant ne ressemble pas à son père. Elle est bonne, joyeuse, généreuse. Elle fera une excellente épouse.

– Pas la mienne, en tout cas, assura Tristan avec un air farouche.

Il ne vit pas le sourire moqueur de l'Enchanteur, expert dans l'art de lire dans les cœurs et de prédire l'avenir.

Les murs s'assombrirent. La caverne ne fut plus éclairée que par la lumière tremblante de chandelles invisibles. Ce n'était plus une caverne, du reste, mais une vaste chambre ouatée de tapis et de tentures. Brisé par les chagrins, les peurs et les révélations de cette journée, Tristan s'enfonça peu à peu dans un sommeil réparateur. La voix du vieil homme arrivait de très loin. Il y avait aussi le renâclement imperceptible du cheval. Neige, vraiment un joli nom. Et puis cette beauté aux cheveux roux, ses yeux rieurs. Il rêvait. Oui, tout cela n'était qu'un songe, en réalité.

Chapitre 3

LE PETIT DUC

Une foule de chevaliers, d'écuyers, de bourgeois, de valets et de laboureurs se pressait autour du château royal de Carduel. Le village de bois, bâti en cercle autour de la forteresse de pierre comme un troupeau de moutons autour de son berger, était pavoisé aux couleurs des dignitaires du royaume, et les rues étaient jonchées d'un tapis de feuilles et de fleurs réservé aux jours de fête.

Tristan chevauchait fièrement dans la cohue des piétons, des cavaliers et des charrettes. À la porte de l'enceinte, Merlin l'avait empêché de mettre pied à terre. N'était-il pas duc de Salisbury, l'un des grands vassaux des deux rois de Grande-Bretagne ? Deux, avait expliqué l'Enchanteur : Uther et Pendragon, des frères étroitement liés par le sang et l'amour qui avaient reconquis le trône de leur père à force d'héroïsme.

Le magicien montait un grand cheval noir, plus haut que Neige d'une bonne coudée. Tristan le regardait à la dérobée en songeant qu'il ne s'habituerait jamais à ses métamorphoses. Le vieillard aux allures de saint homme avait disparu pour laisser place à un gigantesque guerrier habillé de cuir et de fer, le dos armé de deux épées croisées.

Les serviteurs royaux regardaient passer avec curiosité le jeune garçon et son garde du corps, car Tristan arborait un bel habit orné des armes de Salisbury, le lion noir sur fond écarlate, offert par le magicien. « Tu es dorénavant Tristan de Salisbury, ne l'oublie pas quoi qu'il arrive », avait recommandé Merlin.

Devant eux, la foule s'écartait avec respect comme s'il avait été le fils d'un prince, alors qu'il ne manquait pas de chevaliers réputés et de puissants barons parmi les gens qu'ils côtoyaient. Ils arrivèrent ainsi sans difficulté à la porte du château royal, et, quand le capitaine des gardes s'avança à leur rencontre, Merlin dit simplement :

– Messire Harley, Uther et Pendragon nous attendent. Annoncez Tristan, duc de Salisbury.

L'officier eut une brève hésitation avant d'obtempérer. Il ne faisait aucun doute que l'esprit de l'Enchanteur s'était insinué dans le sien et lui dictait sa conduite. Harley disparut donc et revint pour annoncer à Tristan :

– Le roi Pendragon attend Votre Seigneurie.

Un bref sourire éclaira le visage du magicien sous son apparence de garde du corps, chevalier ou simple écuyer.

Dans la salle d'honneur du château, située au sommet d'un bel escalier de pierre blanche, l'atmosphère changea. Le roi, somptueusement vêtu de velours bleu brodé d'or, était entouré de ses conseillers : Lionel, Bernard, Williams et Grantham. Le souverain était jeune ; ses ministres, beaucoup plus âgés. Ils regardaient avec défiance les couleurs de Salisbury portées par le jeune garçon inconnu.

– Quelle est cette mascarade ? s'étonna Lionel. Et qui êtes-vous ? Salisbury n'a pas de fils ni de neveu !

Le majestueux garde du corps s'interposa entre Tristan et les gens du roi.

– Salisbury a eu un fils, mais ce fils n'a plus de père.

Devançant la réaction de ses ministres, le roi demanda :

– C'est vous, Merlin ?

– En effet, sire, répondit le magicien.

– Expliquez-nous cette énigme, s'il vous plaît. Nous attendions le duc, notre ami, et vous nous présentez ce jouvenceau.

– C'est bien simple, sire. Votre fidèle vassal, Henry de Salisbury, avait un fils, Tristan, ce jeune seigneur qui m'accompagne, lorsqu'il fut lâchement assassiné par son cousin, Edward. Le duc n'est pas votre ami, comme vous le supposez, mais un homme sans foi prêt à vous trahir pour servir ses ambitions.

– Mensonge ! s'écria Lionel.

– Cet homme est fou ! ricana Williams.

La colère de ces ministres n'étonna pas Merlin, car tous deux étaient secrètement liés à l'usurpateur. Les deux autres n'étaient pas hostiles, mais stupéfaits et encore incrédules : Edward de Salisbury était un grand seigneur du royaume et un puissant allié d'Uther et de Pendragon, même si ses méthodes cruelles déplaisaient aux souverains.

– Tout le monde sait que ce sont les Saxons qui ont tué Henry et ses compagnons, dit Lionel. Edward est intervenu pour les chasser de l'Outland.

– Pure légende ! soupira Merlin. Edward est secrètement allié aux Saxons, cela explique que ses domaines aient toujours été épargnés par les envahisseurs.

– C'est une accusation bien grave ! intervint le roi.

– Plus grave que vous ne pensez, sire. Edward réunit une puissante armée avec l'intention de s'emparer de la couronne.

– Absurde ! lança Williams avec mépris.

– Cependant, nos guetteurs ont signalé l'apparition d'une flotte saxonne au large des Suttons, fit remarquer Grantham. Cent navires, d'après eux.

– Qu'ils viennent, nous saurons les accueillir ! ironisa Lionel.

– Avec l'appui du duc, ajouta Williams.

Merlin étendit la main, d'où Tristan crut voir jaillir un éclair.

– Le duc a déjà des intentions hostiles, c'est pourquoi je suis venu vous avertir.

Williams émit un rire dédaigneux.

– Tu espères que nous allons te croire ?

– Je le souhaite, pour la sauvegarde du royaume et le salut des rois.

– Merlin nous a secourus à deux reprises dans des circonstances périlleuses, rappela Pendragon.

Lionel haussa les épaules.

– Oui, mais qu'est-ce qui nous prouve que ce fier-à-bras est bien le magicien qui vous a permis de monter sur le trône, Uther et vous ?

L'Enchanteur fit face à ses contradicteurs.

– Mettez-moi à l'épreuve !

– C'est inutile, dit le roi. Je sais qui vous êtes et ma reconnaissance vous est acquise. Mais l'épreuve que vous réclamez peut servir le royaume. Nous construisons un puissant donjon à l'ouest de Carduel pour défendre la région contre les invasions germaniques.

– Au bord du lac Noir, dit Merlin.

Pendragon acquiesça.

– L'édifice semble indestructible. Pourtant, il s'écroule aussitôt achevé parce que la terre tremble. Ce phénomène s'est reproduit à quatre reprises. Pouvez-vous nous révéler la raison de ce maléfice ?

Le magicien sourit.

– Ce n'est pas un mauvais sort, et je peux vous révéler la cause de ces catastrophes, mais à une condition : vous ordonnerez à Edward de Salisbury de se présenter devant le tribunal royal pour répondre des accusations que je viens d'évoquer.

– Le duc refusera, dit Lionel avec dédain.

– Dans ce cas, il avouera sa culpabilité.

– S'il n'était pas coupable ? demanda le roi.

– Il l'est, assura Merlin. Devant ses juges, je vous fournirai les preuves de son crime et de sa trahison.

– Soit.

– D'autre part, poursuivit l'Enchanteur, Tristan ici présent sera proclamé duc à la place de l'usurpateur. Ses titres et ses biens lui seront restitués.

– Ce fils de paysan ? s'exclama Williams avec mépris.

– Comment savez-vous que ses parents adoptifs étaient de simples fermiers ? s'étonna Merlin.

Le ministre se troubla, prouvant qu'il connaissait l'histoire de Tristan, alias John le Pivert. Il était donc complice d'Edward, le magicien n'avait aucun doute à ce sujet.

– J'ai dit cela au hasard, balbutia-t-il avec un mauvais regard.

– Le hasard, vraiment ? ironisa Merlin. Votre perspicacité est prodigieuse, messire.

Le roi les interrompit en s'adressant au magicien :

– Je suis disposé à rendre justice à ce garçon si vous me fournissez la preuve de sa légitimité.

– Vous l'aurez, sire.

– Eh bien, le donjon ? s'impatienta Bernard.

Le magicien s'approcha des dignitaires et du roi et leur parla à voix basse comme pour leur dévoiler un secret interdit :

– Apprenez, messeigneurs, que deux dragons se trouvent prisonniers sous des socles de pierre, au fond du lac Noir. Quand ils tentent de se libérer, l'eau du lac bouillonne, la terre tremble, votre donjon s'écroule.

– Des dragons ! s'exclama Grantham avec stupeur.

– Deux monstres redoutables.

– Que faut-il faire ? demanda le roi.

– Soit tuer les monstres, soit construire votre forteresse dans un lieu plus paisible.

Pendragon prit un air soucieux.

– L'emplacement de notre donjon est impératif : il interdit à nos ennemis, Irlandais ou Saxons, l'accès au cœur du royaume.

– Alors, déclarons la guerre aux dragons.

Les ministres le regardèrent comme s'il avait perdu l'esprit.

– Ces dragons, s'ils existent, objecta Grantham, risquent de brûler une partie du royaume, une fois délivrés.

– Semer la mort et la désolation, confirma Bernard.

– C’est pourquoi vous avez besoin d’un magicien, répliqua Merlin avec un sourire moqueur.

Chapitre 4

LES DEUX DRAGONS

Sous la direction de Merlin, des centaines de valets et de paysans entreprirent de creuser un canal pour permettre au lac Noir de se déverser dans la rivière de Brennig, et, de là, jusque dans la mer d'Irlande. Ces travaux exigèrent un mois entier.

Le lit du lac offrait maintenant un spectacle repoussant avec ses boues infectes cuites par un feu souterrain et ses abords pelés envahis par les ruines des donjons successifs.

Tout au fond, se soulevant et retombant par intermittence, deux lourdes dalles libéraient des éclairs et des vapeurs mortelles. L'odeur de soufre prenait les spectateurs à la gorge en dépit des écrans de cuir censés les mettre à l'abri des émanations.

– Ce sont les dragons ? murmura Uther, revenu d'une campagne militaire dans le nord du royaume.

Le frère de Pendragon, pourtant réputé pour sa bravoure, frémissait d'appréhension. Merlin acquiesça en silence, puis il donna le signal à un groupe d'hommes protégés par des masques et des gants de fer.

– Attachez-les solidement ! ordonna-t-il.

Les hommes masqués fixèrent aux dalles de lourdes chaînes reliées à deux attelages, composés chacun de vingt bœufs. Lorsqu'ils eurent achevé leur périlleuse mission, ils remontèrent en vitesse pour esquiver les jets brûlants échappés du sol.

Le but était de faire glisser les pierres sur la boue pour ouvrir en même temps les deux prisons des monstres.

– Libres, ils vont griller nos archers, prédit Grantham.

Merlin émit un petit rire silencieux.

– Je crois me souvenir que vous doutiez de leur existence, messire. Quant aux archers, renvoyez-les. Ils sont inutiles. Les flèches se brisent sur les carapaces des dragons.

Il attendit que les soldats et la plupart des curieux se réfugient sur des hauteurs éloignées, et que les hommes aux masques soient sortis du bassin avant de donner le signal de la manœuvre. Pour la circonstance, il avait repris l'apparence d'un vieil homme chétif vêtu de sa robe de laine.

Il resta au bord de la vaste cavité en compagnie des rois, de leur connétable, un guerrier intrépide, et de Tristan.

– Mon garçon, va te mettre à l'abri, ordonna Pendragon.

– Non, seigneur, répondit Tristan. Je veux rester avec vous.

– Tu n'as pas peur ? demanda Uther.

Le jeune Salisbury fit une grimace comique.

– Si, affreusement.

– Alors, qu'attends-tu pour obéir ?

– C'est que, seigneur, je n'ai jamais vu de dragon !

Les deux rois éclatèrent de rire, puis Uther conclut :

– Il a confiance dans vos pouvoirs, messire Merlin.

L'enchanteur agita la main en signe de dénégation.

– Il aurait tort : les dragons sont imperméables à mes charmes. Il est seulement le vrai fils de son père : hardi, curieux et intelligent.

Pendant leur conversation, les attelages avaient

commencé à déplacer les lourdes dalles. Des flammes s'échappaient des prisons entrouvertes, transformant le berceau du lac en cratère de volcan. L'odeur suffocante força les rares spectateurs à prendre du recul. Seul Merlin demeura sur la berge. Les conducteurs faisaient claquer leurs longs fouets. Les bœufs tiraient de toutes leurs forces. Les chaînes raclaient la pierre. Les dalles glissaient et s'inclinaient. Lorsque les orifices furent assez larges, les deux dragons surgirent simultanément. L'un était noir et l'autre rouge. Ils déployèrent leurs ailes et l'on put craindre un instant qu'ils prennent leur envol et dirigent leur fureur sur les villages voisins.

Devant cette vision terrifiante, le connétable voulut conduire Uther et Pendragon dans un refuge souterrain préparé à leur intention, mais ils refusèrent. Tout en admirant leur courage, Merlin réprima un sourire en les voyant tirer leurs épées, deux aiguilles face à ces géants en armure.

Les bœufs, libérés de leurs chaînes, avaient pris la fuite, bientôt imités par les archers royaux. Ceux qui restaient s'attendaient au pire quand, soudain, les dragons se jetèrent l'un sur l'autre avec des cris effroyables. Le noir, plus imposant, renversa son adversaire. Ses griffes l'empoignèrent, le soulevèrent, le secouèrent. On aurait dit un coq entre les serres d'un aigle. Ses dents se plantèrent dans son échine, arrachant les écailles. Merlin vit couler le sang du monstre ; il perçut son cri d'agonie. Il ne faisait aucun doute que l'énorme dragon noir allait triompher quand, dans un ultime sursaut, le dragon rouge vomit un torrent de feu qui enveloppa son rival. Le dragon noir s'enflamma à la manière d'un arbre sec. Il poussa un hurlement de souffrance, se roula sur le sol dans une tempête de boue. La terre tremblait. Les vestiges des donjons glissèrent dans le lac, coulée de pierres brunes. Au fond, après d'ultimes convulsions, le dragon noir s'immobilisa, mais il continua à se consumer jusqu'à former un monceau de cendres.

De son côté, le dragon rouge avait expiré, le dos ouvert jusqu'aux entrailles. Revenus de leur terreur, les soldats poussèrent un cri de victoire alors qu'ils avaient fui le combat. Comme ils descendaient dans le berceau du lac pour récupérer les dents des monstres, pourvues de vertus magiques, Merlin leur ordonna :

– Prenez garde au sang des dragons !

Devant la dépouille du dragon rouge, les hommes comprirent le sens de son avertissement : le sang du monstre avait creusé la roche à la manière d'un puissant acide.

Cependant, les rois avaient rejoint l'Enchanteur. Dans leurs yeux se lisaient l'admiration et la reconnaissance.

– Vous saviez ce qui allait advenir, n'est-ce pas ? dit Uther.

Merlin acquiesça.

– Ces dragons étaient ennemis depuis des centaines d'années. Au lieu de s'allier, ils ont poursuivi leur guerre féroce. Ils n'avaient pas la sagesse des rois.

Uther et Pendragon sourirent. L'allusion de Merlin était claire. Le magicien les poussait à instaurer la paix sur l'île de Grande-Bretagne en tissant des alliances entre tous les souverains pour lutter contre les envahisseurs venus de l'est.

Il s'adressa à Tristan qui dansait de joie afin de saluer la mort des dragons :

– Te voici duc, mon garçon. Sois digne de l'honneur qui t'est rendu, comme tes ancêtres avant toi.

Puis il se tourna vers les rois.

– Messeigneurs, je vous le confie. Veillez sur lui. Il sera un jour votre vassal le plus fidèle.

– Vous serez là pour le protéger, n'est-ce pas ? dit Uther.

– Pas toujours, répondit Merlin. J'ai d'autres tâches à accomplir loin d'ici. Mais je reviendrai en cas de péril. À ce propos, méfiez-vous d'Edward. Dès qu'il va se voir démasqué, le félon précipitera son projet d'envahir le royaume avec ses amis saxons.

Son regard perçant balaya la foule des soldats et des barons venus examiner le champ de bataille maintenant que tout danger était écarté.

– Où sont Lionel et Williams ? demanda-t-il.

– Les barons ont regagné Carduel, dit un officier.

– Ne serait-ce pas plutôt Salisbury ? ironisa le magicien.

Le visage d'Uther exprima la stupeur.

– Que voulez-vous dire ? Ces fidèles feraient partie du complot ?

– Ces infidèles, corrigea Merlin.

Quand Pendragon ordonna au connétable de lancer

une centaine de cavaliers à leur poursuite, l'Enchanteur l'en dissuada.

– Vos hommes arriveront trop tard et seront décimés. Concentrez votre armée, renforcez vos citadelles, forgez vos armes. Vous avez trois mois avant la grande bataille qui décidera du sort du royaume. C'est plus qu'il m'en faut pour achever ce que je dois accomplir et revenir combattre à vos côtés.

Sur ces mots, l'Enchanteur fit naître un tourbillon d'étranges fleurs blanches pareilles à des lis. Quand il se dissipa, les rois virent que le magicien n'était plus là.

Chapitre 5

LA FOUDRE

Du haut du donjon de Carduel, Pendragon contempla la plaine. Le village prospère qui entourait naguère son château n'était plus qu'un amas de cendres. Au-delà s'étendait l'immense camp des Saxons et des barons révoltés : trente mille fantassins et dix mille cavaliers.

Face à cette multitude, ses défenses côtières avaient cédé en quelques jours. La vague des envahisseurs avait tout emporté sur son passage, et huit villes se trouvaient aux mains des rebelles. Seul Carduel résistait encore, mais pour combien de temps ?

Le roi sentit une présence, se retourna et sourit en reconnaissant Uther. Les deux princes exilés avaient lutté ensemble pendant des années pour reconquérir leur trône et à présent ils se battaient pour le conserver. Une partie de la noblesse de l'île, influencée par Edward de Salisbury, s'était alliée aux barbares germaniques contre ses rois légitimes sans se douter qu'elle ouvrait ainsi la porte à des conquérants déterminés à la soumettre après l'avoir aidée à vaincre.

Uther et Pendragon s'aimaient depuis l'enfance et partageaient le trône sans rivalité. Ils songeaient qu'ils allaient mourir ensemble héroïquement, car ils combattaient à un contre vingt, et leur château, assiégé depuis un mois et envahi d'une foule de réfugiés, manquait de tout. Ses deux puits étaient presque à sec, et les provisions, gâtées par la vermine. Si les défenseurs ne mouraient pas de faim et de soif, ils succomberaient aux maladies. Déjà, la fièvre terrassait une partie de la garnison. Combien de temps tiendraient-ils encore ? Une semaine ? Deux, peut-être. Cependant, l'ennemi n'attendrait pas jusque-là.

Uther désigna l'est et l'ouest.

– Ils ont terminé les chaussées.

Jusqu'à présent, le sol, détrempé par les pluies, avait empêché l'acheminement des machines de siège. Mais les rebelles avaient consolidé les routes à l'aide de pierres et de madriers. Pour ménager leurs soldats, ils utilisaient leurs prisonniers transformés en esclaves. C'était cruel et astucieux, car les archers postés sur les remparts n'avaient pas le cœur d'abattre leurs compagnons captifs, et les chaussées ainsi renforcées atteignaient maintenant l'enceinte.

Les premiers assauts, menés par les porteurs d'échelles et de béliers, avaient été repoussés. Les portes avaient résisté. Les haches des défenseurs avaient eu raison des échelles. Mais les machines qui s'avançaient étaient des tours à l'épreuve du feu.

Les capitaines de l'armée royale étaient venus observer les assaillants auprès d'Uther et de Pendragon.

– Ils vont attaquer des deux côtés à la fois, annonça Geoffroy Orderic.

C'était l'officier le plus vaillant de la garnison, et il parlait d'une voix paisible.

– Les catapultes ? demanda Pendragon.

– Elles sont en place, sire, dit Richard Courtenay, un chevalier plus jeune et nerveux qu'Orderic. Elles couvrent l'est, l'ouest et la grande porte, mais ces chiens ne s'en tiendront pas là, ils vont charger en masse. Impossible de les contenir !

Il désigna les soixante bataillons ennemis disposés en cercle.

– Mourir pour mourir, je pourrais risquer une sortie avec nos cavaliers, estima Uther.

– Pas question, dit Pendragon. De jour, tu n'as aucune chance. C'est ici que se décidera le sort de la bataille.

« C'est ici que nous périrons, songea-t-il. Mais ensemble ! »

Téméraire, Uther avait lancé plusieurs raids nocturnes et frappé au cœur le camp ennemi durant le siège. Cependant, ses victoires avaient peu affaibli les assaillants. Les rebelles étaient trop nombreux. Pour dix morts, cent contre-attaquaient. Et les défenseurs s'épuisaient. Il leur restait deux cents cavaliers contre dix mille.

Uther s'inclina, la rage au cœur.

– Merlin nous a abandonnés !

Pendragon acquiesça d'un air sombre.

– Je lui ai adressé douze messages sans obtenir de réponse. Je le croyais à Brocéliande, il n'y est pas. Pas davantage à Blyth et à Aubrey, ses repaires. Il s'est volatilisé !

– Diable d'homme ! grommela Orderic.

Sa voix fut soudain couverte par la sonnerie de dizaines de trompettes et de cors. L'ennemi déclenchait son offensive. Des nuées d'hommes armés de pics et de torches s'élançaient vers les remparts. En même temps, les tours se mirent en branle. Les assaillants étaient si nombreux qu'ils couvraient la plaine entière.

« C'est la fin ! » se dit Uther avec une vague mélancolie. Puis il aperçut, au milieu de l'armée adverse, la bannière rouge et le lion noir des Salisbury, et il crispa les poings. « L'atteindre au cœur de la mêlée ! Exécuter le traître avant de mourir ! »

Jetant un coup d'œil en arrière, il aperçut Tristan et son expression s'adoucit. Depuis des jours et des jours, le petit duc se consacrait à la défense du château royal, transportant de lourdes pierres, ravitaillant les guetteurs, aidant à soigner les malades et les blessés, hissant des seaux d'eau pour éteindre le feu provoqué par les tirs ennemis, au mépris des flèches qui s'abattaient sur lui.

– Bon sang ne ment jamais ! murmura-t-il.

– Le ciel se couvre, fit remarquer Courtenay.

D'épais nuages noirs couraient dans le ciel jusqu'alors limpide. « S'il pouvait pleuvoir ! » songea Pendragon. La pluie contrarierait l'attaque en transformant la plaine en marécage, mais, pour cela, il aurait fallu un déluge.

Au même instant, comme si le ciel avait entendu sa prière, des trombes d'eau s'abattirent sur le champ de bataille, accompagnées de grêlons qui tintaient sur les casques de fer.

Uther pointa le doigt vers le fortin dressé en avant de la grande porte et livré à l'ennemi.

– Regardez !

Les autres se penchèrent et aperçurent une frêle silhouette blanche juchée au sommet de la barbacane abandonnée. Celle d'un vieil homme, les bras levés vers le ciel orageux.

– Merlin ! s'exclama Pendragon en maîtrisant mal son émotion.

– Ce n'est pas trop tôt ! grommela Orderic.

Cependant, le ciel se couvrait de plus en plus. Les nuages noirs s'entrechoquaient alors qu'on ne sentait pas le moindre souffle de vent. Une atmosphère ténébreuse envahissait la plaine. De ce couvercle obscur des éclairs jaillissaient et poignardaient la terre, affolant les chevaux au point de disloquer les bataillons de la cavalerie ennemie.

Puis la foudre s'abattit sur l'une des tours d'assaut. Elle s'enflamma jusqu'à devenir une gigantesque torche, d'où l'on vit jaillir les Saxons qui sautaient dans le vide pour échapper au feu.

Les deux rois et leurs capitaines observaient le phénomène, d'abord avec enthousiasme, puis avec une terreur superstitieuse bien que la foudre épargnât la forteresse.

Au sommet de sa barbacane, le magicien continuait à agiter ses bras décharnés, et le ciel obéissant lançait des éclairs de plus en plus aveuglants et meurtriers. Un peu partout, les tentes ennemies brûlaient, les chevaux jetaient leurs cavaliers à terre, les assaillants lâchaient leurs épées parcourues de flux incandescents. La deuxième tour s'enflamma. L'armée rebelle tout entière reflua.

– Ils s'en vont ! triompha Orderic.

Les hommes dansaient de joie. D'un geste, Uther leur ordonna de se tenir tranquilles. Puis il désigna l'horizon :

– Salisbury s'enfuit. Je ne le permettrai pas !

– Que veux-tu faire ? s'inquiéta son frère.

Uther ordonna à Courtenay :

– Réunis les cavaliers.

– L'orage empire, sire, objecta l'officier.

– La foudre obéit à Merlin, elle nous épargnera.

– La foudre, certes, mais… ils sont dix mille.

– Dix mille vaincus que je vais rejeter à la mer ! s'écria le roi en s'élançant dans l'escalier du donjon.

Chapitre 6

UN TOMBEAU PLUS BEAU QU'UN PALAIS

Suivi de ses chevaliers, Pendragon parcourait ses domaines reconquis, parsemés de ruines et des vestiges d'une armée en déroute. Trois lieues vers l'ouest, il avait trouvé les traces d'un combat acharné. Les cadavres de chevaux voisinaient avec les dépouilles de guerriers, presque tous étrangers à l'armée royale. En les examinant, Orderic découvrit les corps sanglants de trois grands seigneurs rebelles : Salisbury, Lionel et Williams.

– Uther a fait du bon travail ! s'exclama le roi. Mais j'aurais préféré une autre destinée pour ces êtres qui m'avaient juré amitié et fidélité.

– Des félons ! gronda Orderic.

Il ordonna à ses hommes de recueillir les corps et de dresser un bûcher afin de les brûler. Pendragon ne protesta pas. Il voulait savourer son triomphe et pardonner aux rebelles qui s'étaient soumis, mais ces trois-là ne méritaient aucune clémence.

– Messire Merlin, je vous trouve bien silencieux ! lança-t-il à l'adresse du magicien qui les accompagnait. Cette victoire est pourtant la vôtre ! Sans vous, nous aurions été submergés par la marée empoisonnée des rebelles !

– La mort de tant d'hommes n'incite pas à se réjouir, répliqua Merlin.

– Même si les victimes sont des parjures et des barbares ?

– Les traîtres et les envahisseurs méritent aussi le respect, une fois vaincus.

– Vous eussiez préféré leur livrer notre royaume ? dit Pendragon avec humeur.

À son tour l'Enchanteur libéra sa colère.

– N'ai-je pas déchaîné sur eux le feu du ciel ? Je ne regrette pas de l'avoir fait, mais d'avoir été forcé de le faire.

– Ce n'est pas moi qui ai déclaré la guerre, rappela le roi.

– Personne ne vous accuse.

– Pourtant votre air sombre…

– J'éprouve de la tristesse, sire, non de la réprobation. Je n'aime pas ces vies sacrifiées pour obéir à la folie des hommes, et ne crois pas au triomphe des guerriers dans l'au-delà.

Ils poursuivirent leur chevauchée jusqu'au rivage de la mer d'Irlande, où les Saxons, harcelés par l'armée loyaliste et la fureur du ciel, s'étaient rembarqués dans la plus grande confusion. Sur les récifs, les vagues battaient encore les carcasses des bateaux incendiés.

– Ils ne reviendront pas de sitôt ! jubila Orderic.

Au lieu de partager sa satisfaction, le roi mit pied à terre et s'avança vers un groupe de femmes vêtues de noir, qui entouraient le corps d'un guerrier aux longs cheveux blonds maculés de sang. Pendragon avait reconnu le visage noble et les armes d'Angleterre brodées sur la tunique blanche : cet homme était son frère !

– Uther ?

Merlin, qui l'avait suivi, posa une main paternelle sur son épaule. Uther avait péri en poursuivant les envahisseurs. Après tant de victoires, il avait succombé à son tour. Le roi s'agenouilla et toucha le front glacé de son frère bien-aimé.

– Comment est-ce possible? balbutia-t-il avec désespoir.

– La loi de la guerre, murmura l'Enchanteur.

En quittant le château des rois, Merlin avait prévu ce qu'ils allaient trouver sur le rivage. Cette vision prophétique expliquait sa tristesse. Tout-puissant avec les choses de la vie, il n'avait aucun pouvoir face à la mort. Il savait commander aux éléments, prédire l'avenir, sonder les cœurs et les esprits, mais non ressusciter les corps.

Les femmes s'étaient éloignées par respect, laissant le roi avec son frère. Avec la mort d'Uther, une partie de lui-même venait de disparaître. «La meilleure», pensa-t-il.

– À présent, vous êtes seul maître du royaume, constata Merlin.

Pendragon inclina la tête, accablé par la lourde tâche qui pesait sur lui.

– Je prendrai le nom d'Uther Pendragon, décida-t-il d'un ton farouche. Ainsi, nous serons toujours unis, au-delà de la mort, comme nous l'avons été dans les victoires et dans l'adversité.

Merlin approuva. Il avait confiance dans cet homme passionné et généreux. Uther Pendragon se releva et ordonna à ses hommes de transporter le corps de son frère jusqu'au château de Carduel. Durant la chevauchée du retour, il demeura pensif et Merlin respecta son silence bien qu'il sût ce qui le hantait.

Sur le champ de bataille, les sujets du roi, guidés par les moines des deux abbayes voisines, creusaient de grandes fosses pour ensevelir les morts, ou bien ils dressaient des bûchers selon la coutume saxonne.

Une centaine d'entre eux déblayaient les ruines du village et coupaient les arbres de la forêt de Skerries pour reconstruire leurs maisons.

– La vie recommence, observa Uther Pendragon avec mélancolie.

– Ton royaume sortira plus puissant de cette épreuve, assura Merlin.

– Sans lui, soupira le roi en désignant son frère porté par quatre chevaliers.

Au milieu de la foule endeuillée, Tristan de Salisbury pleurait à la pensée que, sans lui, le vaillant Uther serait encore en vie.

Merlin, qui lisait dans ses pensées, lui dit :

– Tu n'es pas responsable de cette guerre et de ce massacre. Ton cousin Edward allait trahir les rois pour s'emparer de la couronne. Il fallait l'empêcher d'accomplir son forfait, car sa victoire aurait été un grand malheur pour l'Angleterre.

– Tu n'es pas responsable, confirma Uther Pendragon en posant la main sur la tête du garçon. Souviens-toi de ce que tu es, à présent. Les ducs ne pleurent pas.

Il s'adressa aussitôt à l'Enchanteur, qu'il sentait prêt à disparaître, sa mission accomplie.

– Je veux ériger un tombeau à la mémoire de mon frère. Pas n'importe lequel : un monument digne de sa noblesse d'âme et de sa bravoure. Ce tombeau devra défier le temps et survivre à cent générations, quand tous les témoignages de notre existence auront depuis longtemps disparu. Messire, pouvez-vous m'aider à construire cet ouvrage ? Vous êtes le seul capable de réaliser ce que j'ai en tête.

Le magicien réfléchit durant quelques secondes, puis il acquiesça avec un sourire.

– Je comprends ce que vous voulez, sire, et vous l'aurez, je vous le promets.

Le roi lui tendit la main. L'Enchanteur la serra entre les siennes.

– Je n'ai pas d'ami plus fidèle, murmura Uther Pendragon d'une voix émue. Je vous dois tout : le pouvoir, la gloire, la paix, à présent.

Le magicien secoua la tête.

– Tout, non. Vous avez l'étoffe d'un grand roi. C'est pourquoi je veille sur vous dans la limite de mes pouvoirs. La Grande-Bretagne, cette île belle et farouche, a besoin de vous.

Le roi frappa dans ses mains.

– Que vous faut-il pour édifier ce tombeau ? Demandez-moi ce que vous voulez, vous l'aurez.

– Un bateau et dix hommes choisis parmi les meilleurs ingénieurs et les plus grands architectes de ce pays et des contrées voisines.

– Vous aurez tout cela dans une semaine, promit le roi.

Fort de cette assurance, Merlin disparut aussitôt. Il reparut huit jours plus tard, comme convenu. Un bateau l'attendait dans le port de Yorkwich. Il trouva à bord, non pas dix, mais quinze hommes de valeur qui lui firent bon accueil.

– Messire, ce que nous allons réaliser ensemble est une merveilleuse entreprise et un grand honneur pour nous tous, dit le plus âgé, Arnold Lindsey, qui avait tracé les plans de la forteresse fantastique de Warm, dans le nord du royaume.

Les autres approuvèrent avec chaleur le discours de l'aîné.

Ils s'étonnèrent, cependant, lorsque Merlin donna l'ordre d'appareiller vers l'île d'Irlande alors qu'ils s'attendaient à naviguer en direction du pays de Galles.

– Le tombeau du seigneur Uther ne doit-il pas être érigé dans le royaume qui était le sien ? demanda Lindsey.

Merlin sourit d'un air mystérieux.

– Si fait. Nous allons en Irlande choisir nos matériaux.

Rassurés, les architectes et les ingénieurs devisèrent joyeusement jusqu'au terme de leur voyage. Ils se montraient leurs esquisses et, généreux, admiraient les fruits de l'imagination de leurs confrères.

Aussitôt débarqué, Merlin les conduisit vers Korkal. Au pied de la montagne, il désigna les gigantesques rochers bleus dominant la baie des Tempêtes.

– Voici nos piliers.

– Ces pierres ? s'exclama Lindsey. Que voulez-vous en faire ?

– Il s'agit de les transporter au nord de Carduel, sur un site que j'ai choisi, expliqua l'Enchanteur. C'est la raison pour laquelle nous sommes là.

– Vous comptez les tailler ici même ? s'étonna le vieil architecte.

– Surtout pas ! se récria Merlin. Ces pierres, je les veux intactes, telles que la nature, le feu, les pluies et les vents les ont façonnées.

Après un moment de stupeur, ingénieurs et architectes se mirent à protester tous à la fois :

– C'est une plaisanterie !

– De la folie !

– Chacune de ces pierres pèse au moins cent tonnes !

– Presque, admit Merlin d'un ton paisible.

– Aucun navire ne serait assez grand ni assez solide pour les transporter au-delà de la mer. *L'Oiseau Royal* lui-même sombrerait.

– Combien de piliers avez-vous prévus ? demanda Lindsey, ironique.

– Une centaine, peut-être davantage.

– Il nous faudrait un siècle.

– Et construire un géant des mers !

– Nous ne vivrons pas assez vieux.

Ils riaient, à présent. Le vieil homme avait perdu la tête. Qu'il s'occupe de ses philtres et de ses incantations au lieu de se mêler d'architecture.

– Vous savez, soupira Merlin, vous devriez rentrer chez vous. Ce travail dépasse vos compétences.

– Mais vous-même ? s'inquiéta Lindsey.

Merlin se frotta les mains.

– Je reste. Je vais me mettre au travail. Le temps presse !

Ils le dévisagèrent en riant de plus belle.

– Bon courage ! lança Kay, l'Écossais.

Chapitre 7

PRODIGE

En voyant entrer Merlin dans la salle du conseil de Carduel, Uther Pendragon interrompit la conversation passionnée qu'il entretenait avec les chefs de son armée. L'Enchanteur nota son air embarrassé et s'en amusa.

– Sire, je me réjouis de vous revoir, lança-t-il d'un ton léger.

– C'est toujours un plaisir pour moi aussi, répliqua le roi sans conviction. Eh bien, messire, avez-vous conçu un nouveau projet pour le tombeau de mon frère ?

– Nouveau ? s'étonna Merlin.

Uther Pendragon renvoya ses capitaines avant de reprendre à mi-voix :

– Nos architectes nous ont informés : les pierres bleues de Korkal sont magnifiques, mais intransportables, et il est hors de question d'ensevelir mon frère en Irlande.

Le magicien se mit à rire de bon cœur.

– Je comprends votre déception, sire. Et j'avoue que mon projet avait toutes les chances, ou les malchances, d'effaroucher vos vénérables architectes. Mais convenez que vous m'avez commandé un monument merveilleux, capable de résister aux tempêtes et de traverser les millénaires à venir.

– C'est vrai, admit le roi avec un soupçon d'irritation. Cependant, je ne vais pas attendre mille ans avant d'enterrer mon frère !

Le magicien rit de plus belle.

– Vous n'aurez nullement à attendre, sire. Le tombeau est terminé.

Le roi dévisagea l'Enchanteur avec stupeur. Plaisantait-il ? Il le faisait quelquefois. Non, il parlait sérieusement, malgré la lueur malicieuse de ses yeux.

– Où ? Quand ? Comment avez-vous fait ? Pourquoi avoir négligé de me prévenir ? balbutia-t-il.

– Où ? Pas très loin d'ici, au sud du château, sur un site choisi avec soin pour ses influences bénéfiques. Quand ? Cette nuit ! Quant à vous informer, c'est ce que je suis en train de faire, il me semble. Je gage que le monument vous plaira.

– Montrez-le-moi ! ordonna le roi avec impatience.

– Quand il vous plaira.

– À l'instant !

– Soit, dit Merlin. Nous irons à cheval. Emmenez vos gens, je veux avoir leur avis.

Ils se mirent en route une heure plus tard. Le cortège comprenait une centaine de cavaliers et trois chariots réservés aux dames de la cour. Merlin chevauchait en tête, sur Neige.

Ils aperçurent le monument de très loin, car il se dressait sur une hauteur dénudée. En s'approchant, ils admirèrent sa conception ingénieuse : d'abord, un cercle d'immenses piliers de grès, puis, après un portique, un autre alignement de pierres bleues disposées en fer à cheval. Enfin, au centre, un tombeau de grès vert, ouvert dans l'attente du corps d'Uther.

L'ensemble était si harmonieux et majestueux que le roi resta sans voix. Il jaugeait, en particulier, les pierres assemblées en portiques. Certains linteaux devaient peser au moins cinquante tonnes. Il demanda de nouveau, stupéfait :

– Comment avez-vous fait ?

Merlin se contenta de sourire.

– Il n'y avait rien, ici, assura l'une des dames. Je venais souvent me promener sur cette lande, du vivant de mon époux. Le lieu porte un nom mystérieux, mais je l'ai oublié.

– Il s'appellera désormais *Stonehenge*, dit le magicien. Cela signifie : les pierres qui veillent.

Il s'adressa au roi, toujours muet :

– Eh bien, sire, qu'en pensez-vous ? Ai-je répondu à votre demande ?

– C'est ce que je voulais, rétorqua Uther Pendragon d'une voix émue.

– Vous pourrez couronner le cercle d'un dôme de bois, si vous le souhaitez.

– Non, laissons-le ainsi, décida le roi. Je ressens, à l'intérieur de ce cercle, une paix profonde, comme si l'on était à l'abri du mal. Mais par quel prodige avez-vous édifié ceci en deux jours ?

– Ce n'était pas un travail d'architecte, expliqua l'Enchanteur. Il n'est besoin ni de bateau, ni de chariot, ni de palan, mais de beaucoup d'amour. Celui que vous portiez à votre frère. C'est lui qui m'a permis de réaliser l'impossible. La magie prend sa source dans le cœur des hommes. Il existe aussi une magie noire, au service du diable, mais ce n'est pas la mienne.

Après avoir prononcé ces paroles, Merlin leva les yeux vers le ciel. On apercevait, vers l'ouest, un groupe d'oiseaux majestueux. Ils se rapprochèrent et les spectateurs virent que ces oiseaux étaient des aigles. Les rapaces se mirent à voler en rond, formant une projection céleste du cercle de pierres. Le roi en compta huit. Chacun se posa sur l'un des portiques.

– Ils saluent l'âme de votre frère, déclara Merlin.

Uther Pendragon sourit pour la première fois depuis leur arrivée.

– Jamais héros n'a été si bien honoré.

Le magicien inclina la tête.

– Je crois que ma tâche est terminée.

– Vous allez nous quitter ? s'inquiéta le roi.

– Il le faut, mais je reviendrai si nécessaire.

– Où serez-vous, messire ?

Merlin toucha le front du souverain.

– Ici. Inutile de m'envoyer un messager. Je lirai vos pensées et saurai si ma présence est requise.

Uther Pendragon prit sa main entre les siennes.

– Comment vous remercier pour tout cela ?

Il désigna *Stonehenge* et le pays environnant, ses châteaux restaurés, ses villes ressuscitées, les champs de bataille où ses armées avaient triomphé.

– En accomplissant votre métier de roi sans abus d'autorité ni faiblesse.

Sur ces mots, il se détourna, sortit du cercle de pierres et prit la route du sud. Comme à un signal, les aigles s'envolèrent tous à la fois pour l'escorter du haut du ciel.

Chapitre 8

IVRE D'AMOUR

Merlin n'était pas revenu à Carduel depuis six années. « Mais que représente ce laps de temps pour un magicien qu'on prétend éternel ? se demanda Uther Pendragon. Six minutes ? »

Souvent, le roi souffrait de son absence. Il regrettait ses conseils, sa bonne humeur, sa générosité, et la protection de ses pouvoirs prodigieux qui l'avaient sauvé à plusieurs reprises. Il songea avec fierté : « S'il était ici, il serait satisfait de ce que nous avons accompli ! » En six années, il avait pacifié une partie de la Grande-Bretagne, sauf la frange du nord et ses îles, irréductibles. Les Saxons avaient été rejetés à la mer. Le bonheur et la prospérité régnaient sur le pays.

– Belle fête, sire !

Émergeant de ses pensées, le roi sourit à Tristan de Salisbury. Le jeune duc avait maintenant dix-huit ans. Son éducation avait été remarquable. Devenu un guerrier accompli, il s'était illustré à plusieurs reprises, contre les pirates germaniques et face aux rudes montagnards pictes des Lowlands.

– Belle fête, approuva Uther Pendragon.

En ce jour de l'anniversaire de sa naissance, le château de Carduel brillait de mille feux. Tintagel, Wessex, Hamwill, Cornouailles, Léodagan, Dimworth... tous ses vassaux avaient répondu à son invitation avec leurs épouses, leurs enfants et leurs parentés. Trois cents membres de la noblesse qu'il avait fallu loger en partie dans les châteaux d'alentour car, malgré ses trente pièces, Carduel n'était pas assez grand pour les accueillir.

Les hommes, délestés de leurs cuirasses, portaient de riches habits ornés d'armoiries d'or et d'argent. Les femmes, elles, étaient si légèrement vêtues de dentelles et de soie, que le roi avait ordonné d'allumer du feu dans les trente cheminées du château, bien qu'on fût au début d'un été qui multipliait les jours de soleil.

Le roi portait à ses lèvres une coupe d'hydromel quand il suspendit son geste pour admirer une délicieuse créature. Elle était grande, élancée, avec de longs cheveux d'un or roux flamboyant qui tombaient jusqu'à sa taille, une peau blanche sans défaut, des traits délicats et d'immenses yeux verts. Fasciné, il fit signe à son sénéchal, Hugh Wala, d'approcher et lui demanda le nom de cette jeune femme qui dansait avec tant de grâce.

Hugh s'étonna :

– Ne la reconnaissez-vous pas, sire ? C'est Ygreine, l'épouse du duc de Tintagel, votre feudataire. Il vous l'a présentée hier, à son arrivée.

– Son épouse ? murmura le roi, vaguement déçu.

Il se souvint que le duc lui avait présenté sa famille, mais la femme était enfouie dans une mante noire, la tête voilée, et, au milieu de la foule de ses invités, il ne lui avait pas prêté attention.

– Depuis quand sont-ils unis ? murmura-t-il sans détacher son regard de la danseuse.

Le sénéchal hocha la tête.

– Plusieurs années, je crois. Ils ont un enfant, Morgane, cette fillette assise au coin du feu, qui ressemble à sa mère.

– Des années ! s'exclama Uther Pendragon. Tu es sûr ? Elle est si jeune ! Prie-la de venir.

Le sénéchal s'empressa d'obéir. Le roi vit la jeune femme lui jeter un bref regard avant de s'avancer, les yeux baissés. Devant lui, elle s'inclina d'un geste gracieux. La danse, qui enflammait ses joues et détachait ses boucles, la rendait encore plus désirable.

– Ygreine, dit-il d'une voix altérée. Pourquoi ne t'ai-je jamais vue à Carduel ?

– J'étais auprès de mon époux, sire.

– Richard est venu bien souvent.

– Pour la guerre, répondit-elle en levant son regard.

Il reçut comme un choc l'éclat de ses yeux verts.

– Désormais, tu viendras souvent, non par devoir, mais pour ton plaisir.

– Avec la permission de mon époux, répliqua-t-elle en rougissant.

– Quel âge as-tu, mon enfant ?

Elle hésita, puis rougit davantage.

– Dix-neuf ans, sire, et je ne suis plus une enfant.

Elle ajouta :

– Me permettez-vous de retourner danser ?

– Je te l'ordonne même. Te regarder est un enchantement !

Elle s'esquiva et se glissa au milieu des danseurs, mais bientôt elle renonça pour ne pas avoir l'air de s'exhiber devant lui. « Elle est fidèle à son mari », pensa-t-il avec dépit.

Au banquet du soir, il ordonna à ses gens de la placer à sa droite avec l'espoir de l'amuser et de la séduire, comme bien d'autres femmes avant elle. Cependant, elle lui répondit avec une froide politesse. Elle avait échangé sa robe légère contre une tenue austère, malgré la chaleur qui régnait dans la salle. Avant la fin du dîner, elle se retira, prétextant une indisposition. Elle logeait au château, partageant sa chambre avec quatre autres dames et autant de filles d'honneur.

Plus tard, au cours de la nuit, il chargea l'un de ses écuyers de lui apporter une bague de rubis accompagnée d'un billet qui célébrait sa beauté et lui avouait implicitement son amour. Il exigeait une réponse mais n'en obtint aucune. Sa déception fit place à la colère. N'était-il pas le maître absolu du royaume et le suzerain de son époux ? Ignorait-elle l'honneur qu'il lui accordait en la distinguant entre toutes les femmes de Grande-Bretagne ?

Son échec l'empêcha de dormir, et il était de fort méchante humeur, le lendemain, quand il vit venir vers lui Ygreine. Le beau visage de la duchesse affichait un air craintif qui le désarma et l'attendrit. D'une main tremblante, elle lui tendit le sac de cuir contenant sa bague.

– Sire, c'est un bijou magnifique, digne d'une reine, mais je ne puis l'accepter.

– Pourquoi donc ? s'exclama le roi. Il est digne de vous, ce bijou, car c'est à moi d'en juger.

– Je n'ai pas le droit de porter de bijoux hormis ceux que m'offre mon époux.

– Dans ce cas, vendez-le ! répliqua Uther Pendragon, ulcéré. Un orfèvre vous en donnera une fortune. Avec elle, vous pourrez offrir un présent à Richard.

En disant cela, il lui tourna le dos avec mépris, et Ygreine songea qu'elle l'avait offensé malgré elle. Mais comment agir autrement sans trahir son époux, dont elle redoutait la jalousie et la violence ?

Elle fut soulagée de repartir à Tintagel le lendemain. Le roi, lui, se crut délivré. Ygreine l'avait repoussé, c'était la première fois qu'il subissait pareille rebuffade. Désormais, jamais plus il ne s'abaisserait à lui parler d'amour.

Cependant, le souvenir de la jeune duchesse l'obsédait. C'était comme une ivresse, il n'était plus lui-même, il en perdait la raison. Pour l'oublier, le jour, il parcourait inlassablement son royaume, guerroyait sur la frontière du nord, ou bien il chassait, visitait ses provinces, inspectait sa flotte, rencontrait les envoyés des royaumes étrangers. Mais, la nuit venue, il était incapable de trouver le sommeil. L'image de la danseuse aux cheveux flamboyants et au corps de rêve le hantait. Sa beauté l'avait ensorcelé.

Ses barons le voyaient dépérir sans connaître la cause de son tourment.

Faisant taire son orgueil, il résolut de la revoir. Il invita le duc et la duchesse en maintes occasions. Or, chaque fois, Ygreine trouva des prétextes pour éviter de venir à Carduel. Elle était souffrante, devait rendre visite à son père qui vivait en Irlande, ou encore sa fille Morgane exigeait sa présence. Le roi, frustré, lui adressait des lettres passionnées et des cadeaux, qu'elle lui renvoyait aussitôt.

Il la harcelait au point qu'elle dut avouer à son époux l'amour que lui portait le roi. À cette nouvelle, Richard Tintagel devint fou de rage, car il avait toujours été un vassal fidèle. Luttant aux côtés du roi, il lui avait sauvé la vie à deux reprises, et s'estimait mal récompensé de sa loyauté. Désormais, il s'enferma dans ses domaines, et refusa de répondre aux invitations du souverain.

Uther Pendragon aurait dû se résigner. En persistant dans sa folie, il risquait de se faire un ennemi de son puissant vassal. Cependant, sa passion l'emportait sur la raison. Pour gagner l'amour d'Ygreine, il était prêt à tout, jusqu'à compromettre la paix de son royaume. En cas d'échec, il en mourrait.

Il décida de faire appel à Merlin. Seul l'Enchanteur était capable de lui permettre de conquérir celle qui se refusait à lui par vertu. Cependant, le magicien avait des principes. Malgré son amitié, accepterait-il d'être complice d'un adultère ?

Chapitre 9

LE PACTE

« Il sait ! » songea Uther Pendragon.

Le regard pénétrant du magicien ne trompait pas : il connaissait la passion qui dévorait son protégé. Et le roi s'attendait à être sévèrement critiqué : Richard Tintagel était l'un des plus ardents défenseurs du trône. Son hostilité, sa vengeance, peut-être, risquaient d'ébranler le royaume tout entier.

– Si je t'aide à séduire Ygreine, tu devras ensuite faire ce que je te demanderai.

Un fol espoir envahit Uther.

– Tout ce que vous voudrez, messire.

– Jure-le sur ta vie et celle d'Ygreine.

– Qu'allez-vous exiger de nous ?

– Tu le sauras le moment venu.

Le roi s'inclina.

– Je le ferai, j'en fais serment.

L'Enchanteur sourit d'un air satisfait.

– Bien, prépare-toi : nous allons à Tintagel.

Comme Uther donnait des ordres pour réunir ses gardes du corps, il précisa :

– Seulement toi et moi.

Le roi hésita.

– Le duc sait que j'aime son épouse. Il m'a menacé publiquement. Comment prendra-t-il ma visite ?

– Aurais-tu peur ?

Uther Pendragon haussa les épaules.

– Vous savez bien que non. Mais comment séduire Ygreine en présence de son époux ? C'est dangereux, non ?

Merlin sourit d'un air mystérieux.

– C'est pourtant ce que tu vas faire.

La promesse du magicien rassura le roi. Peu lui importait d'être insulté ou de mourir pourvu qu'Ygreine se jette dans ses bras.

– Le duc est loin de chez lui, lui confia Merlin. Il combat les pirates irlandais à la pointe de Lizard.

– Alors, hâtons-nous ! exulta le roi.

Ils chevauchèrent durant trois jours entiers avant d'atteindre leur destination. Uther brûlait d'impatience. Son ardeur se refroidit au pied des murs de Tintagel. Il avait beau connaître les pouvoirs du magicien, il mesurait la folie de leur entreprise. Comment Ygreine allait-elle le recevoir après l'avoir repoussé tant de fois ?

À l'approche des deux cavaliers, une trompette retentit. La herse du château se releva. Les portes s'ouvrirent. Les gens du duc le saluèrent avec une courtoisie qui l'étonna : Tintagel n'avait-il pas proféré à son encontre des menaces qui ressemblaient à une déclaration de guerre ? « Eux, au moins, me respectent », pensa-t-il.

Le roi n'eut pas le temps de répondre à leurs manifestations de bienvenue, car Ygreine parut. Abandonnant ses suivantes, elle courut vers lui et se blottit dans ses bras comme il l'avait si souvent rêvé. Jamais elle n'avait été si belle et si désirable.

– Seigneur, j'ignorais votre venue. Quelle agréable surprise !

Comme elle pressait ses lèvres sur les siennes en présence de ses gens, le roi aperçut son reflet dans un miroir et comprit la raison de ce bonheur inattendu : Merlin lui avait donné l'apparence du duc. C'est Richard Tintagel qu'Ygreine croyait serrer dans ses bras.

Elle lui prit la main et le conduisit dans sa chambre, congédiant au passage ses filles d'honneur et ses servantes. La porte fermée, elle le débarrassa de son armure, fit apporter de l'eau et le lava avec soin car il était recouvert de poussière après sa longue chevauchée.

Ils passèrent la nuit ensemble, et le lendemain, à l'aube, Merlin frappa à la porte de la chambre.

– Monseigneur le duc, il est temps de repartir.

– Déjà, gémit Ygreine.

Dans la lumière de l'aube, son beau visage qui émergeait de la broussaille de ses cheveux blonds était si ravissant qu'Uther faillit envoyer le magicien au diable. Puis il comprit que l'enchantement grâce auquel il avait séduit la jeune femme allait disparaître. Il l'embrassa tendrement en murmurant :

– Rendors-toi, mon amour.

Ygreine avait les larmes aux yeux. Le duc était un homme de guerre, grossier et brutal. Jamais il ne lui avait témoigné une telle douceur.

– Vous reviendrez bientôt ? supplia-t-elle.

– Je te le promets.

Il s'habilla en hâte et disparut après un dernier baiser. Merlin l'attendait près de leurs chevaux. Ils se hissèrent en selle et reprirent la route du nord. Le roi était mélancolique. L'Enchanteur lui avait offert une nuit d'amour inoubliable, mais il ignorait quand il lui serait permis d'éprouver de nouveau un tel bonheur.

– Quand la reverrai-je ? demanda-t-il.

– Tu dois être patient.

Patient ! Maintenant qu'il avait tenu Ygreine dans ses bras, loin d'être apaisé, son amour le torturait. À cent mètres de Tintagel, il avait repris son vrai visage, celui du tout-puissant roi de Grande-Bretagne. Au lieu de le rassurer, cette transformation le désespérait, en l'éloignant d'elle.

– Que dois-je faire ? insista-t-il.

– Régner !

La réponse, brutale, lui rappelait ses devoirs de souverain. Il se mordit les lèvres et resta silencieux le reste du chemin. En arrivant à Carduel, cependant, il trouva la forteresse royale en émoi. Un messager venait d'arriver de Cornouailles, porteur d'une triste nouvelle : le duc Richard avait trouvé la mort en combattant les Irlandais. Le roi eut du mal à dissimuler sa joie : ainsi, Ygreine était libre. Libre de l'épouser, de devenir reine, de lui donner des héritiers.

Son regard soupçonneux croisa celui de Merlin.

– Je n'y suis pour rien, affirma le magicien. Son destin était écrit.

– Mais vous saviez qu'il allait mourir, n'est-ce pas ?

L'Enchanteur éluda la question.

– Sois prudent avec Ygreine, conseilla-t-il. Ne va pas l'effaroucher. Elle ignore tout de ta visite. Et, si elle apprenait la vérité, je doute que cela lui soit agréable.

– Je l'aime trop pour lui déplaire, répliqua Uther Pendragon.

Il envoya aussitôt l'armée royale en Cornouailles pour chasser les pirates que la mort du duc avait enhardis, et protéger Tintagel de tous les prédateurs. Lui-même resta en retrait. Il se contenta d'adresser une lettre à la jeune veuve, disant qu'elle perdait un époux glorieux et qu'il perdait quant à lui un ami et le meilleur des vassaux.

La réponse d'Ygreine le charma : connaissant sa noblesse de cœur, elle remettait son avenir et celui de sa fille entre ses mains. Il se demanda si Merlin avait dicté cette lettre. Cependant, il ne put l'interroger : l'Enchanteur avait disparu et nul ne savait où il se trouvait.

Chapitre 10

POUR L'AMOUR DE VOUS

Pendant près de six mois, Uther Pendragon fit une cour discrète à Ygreine sans lui imposer sa présence. Suivant scrupuleusement les recommandations de Merlin, il veillait sur elle et la protégeait des ambitieux déterminés à l'épouser de force pour s'emparer de Tintagel, l'un des plus beaux fiefs d'Angleterre.

Pendant ce temps, Ygreine éprouvait une profonde solitude depuis la disparition de son époux. Elle devait administrer son duché, convoité par ses ennemis, et songer à l'avenir de ses enfants : sa fille Morgane, âgée de six ans, et un bébé à naître, conçu la nuit où son époux avait abandonné ses champs de bataille pour venir la rejoindre.

On aurait dit que Richard Tintagel avait pressenti ce qui allait se passer, car il était mort en affrontant les Irlandais le lendemain de leur nuit d'amour, en lui laissant un héritier destiné à assurer la pérennité de son duché. Cet enfant serait un garçon, elle n'en doutait pas !

Elle songeait souvent avec émotion à cette fameuse nuit : son époux n'avait jamais été aussi ardent et amoureux. Mais, à présent, son devoir lui commandait d'oublier le passé et de refaire sa vie.

Cette pensée occupait son esprit depuis plusieurs semaines lorsqu'on lui annonça la visite du roi. Elle ne l'avait pas revu depuis l'enterrement de Richard. Connaissant la profondeur de son amour, elle lui était reconnaissante d'avoir évité de la harceler et de l'avoir comblée sans rien exiger en échange.

Lorsqu'il entra, entouré de ses chevaliers, il lui parut magnifique. Un peu plus âgé que Richard, il était bel homme et très courtois. Il avait vaincu tous ses ennemis avec courage, puis maintenu la paix dans son royaume sans jamais user de violence. Ses ennemis eux-mêmes rendaient hommage à sa générosité.

Naguère, quand il lui avait déclaré ses sentiments, sa passion l'avait bouleversée au point de l'obliger à fuir pour ne pas céder à son désir et tromper son époux. À présent, devenue veuve, elle était libre. Son devoir lui imposait de prendre un nouvel époux. Or, pour le choisir, elle devait obéir au roi, son suzerain.

Au lieu d'entrer en maître à Tintagel, Uther Pendragon la pria de lui faire l'honneur de le recevoir. Puis, comme elle s'inclinait devant lui, il lui prit la main avec douceur et la releva.

– Madame, dit-il, quoi qu'il arrive, ne vous abaissez jamais devant moi. Vous n'ignorez pas ce que j'éprouve pour vous. Mes sentiments n'ont pas changé, et seul le deuil cruel que vous avez éprouvé m'a retenu de les exprimer de nouveau. Je ne suis pas marié parce que je n'ai jamais connu de femme digne de la destinée glorieuse que je voulais lui offrir. En réalité, cette femme noble, belle et vertueuse, je l'ai rencontrée. Cependant, elle n'était pas libre. C'est vous, bien sûr, Ygreine. Je n'ai jamais aimé d'autre femme. Alors, je vous le demande : voulez-vous m'épouser et régner sur mon royaume ?

Ygreine fut si émue par cette déclaration inattendue qu'elle resta d'abord sans voix, puis elle murmura :

– Devenir reine, sire, je ne sais pas si je suis digne

d'un tel honneur, mais être votre épouse, oui, je le désire de tout mon cœur.

– Jamais de ma vie je n'ai éprouvé un tel bonheur, dit le roi, et, la prenant dans ses bras, il l'embrassa avec douceur.

En évoquant son bonheur, il mentait, car il retrouvait intacte l'ivresse qu'il avait ressentie, une nuit, sept mois auparavant.

– Votre deuil s'achève, ajouta-t-il. Si vous y consentez, notre union sera célébrée dans un mois. Je veux convier à cette cérémonie les rois du monde entier.

Au même instant, il aperçut, dans la chambre qu'Ygreine avait pris soin de refermer sur leur intimité, un jeune homme d'une grande beauté.

– Que fait ici cet écuyer? s'exclama-t-il avec contrariété. Est-ce ainsi que se comportent vos gens ?

– Je n'ai jamais vu ce jouvenceau, assura Ygreine. Quelqu'un de votre suite, sans doute ?

– Pas du tout ! s'emporta le roi.

Il s'avançait vers l'indiscret dans l'intention de le chasser quand il croisa son regard et éclata de rire.

– Madame, je vous présente Merlin.

– L'Enchanteur ! s'exclama Ygreine en frissonnant malgré elle.

Elle rencontra à son tour le regard du magicien et, sans qu'il eût à prononcer une seule parole, elle sut ce qu'il voulait lui révéler: l'enfant qu'elle portait était celui du roi. Sept mois auparavant, c'est Uther Pendragon qu'elle avait reçu dans sa chambre et c'est avec lui qu'elle avait dormi.

Au lieu de refuser de le croire ou de se sentir offensée par cette mystification, elle fut éblouie par cet aveu : l'enfant qui allait naître serait un garçon et il deviendrait plus tard le roi d'Angleterre.

Elle regarda Uther en rougissant :

– C'était donc vous ?

– Pour l'amour de vous, dit-il tendrement.

– Messire Merlin, dit-elle avec un sourire gracieux, je dois vous remercier.

L'écuyer, dont l'Enchanteur avait pris l'apparence, leva la main pour l'interrompre.

– Madame, attendez ce que j'ai à vous révéler avant de me dire merci. Le roi s'est uni à vous par magie en échange d'une promesse.

– Une promesse ? répéta-t-elle en quêtant une réponse dans les yeux du roi.

– Dès sa naissance, vous me confierez l'enfant. C'est moi qui veillerai sur lui et l'éduquerai.

– Mais pourquoi ? protesta Ygreine.

– Pour son salut. Le royaume qui va être le vôtre traversera bientôt des temps difficiles : des guerres, des révoltes, des épidémies. Votre fils doit demeurer à l'abri. En revanche, je vous promets qu'il vous succédera un jour. Son règne sera glorieux et il unira pour la première fois l'île entière de Grande-Bretagne.

– Il est bien dur d'abandonner mon enfant, gémit Ygreine.

Uther Pendragon inclina la tête d'un air coupable.

– Je regrette de vous causer du chagrin, ma mie, mais j'ai prêté serment.

Il savait que Merlin agissait ainsi pour le bien de l'enfant et la grandeur du royaume.

– En attendant, réjouissez-vous, ajouta le magicien. Votre amour est sincère et votre bonheur, légitime.

– Cet enfant, nous l'appellerons Arthur, décréta le roi.

Merlin approuva.

– C'est un très beau nom, et il résonnera longtemps.

Chapitre 11

SEIZE ANS PLUS TARD…

Arthur s'éveilla avant l'aube. Il alluma une chandelle et vérifia si son frère aîné dormait encore. Depuis quelque temps, Ker avait la fâcheuse habitude de l'espionner pour découvrir ses secrets. Il souffla la chandelle et s'habilla en silence.

Comme chaque lundi, il avait rendez-vous dans une clairière de la grande forêt d'Arendal. Son père, Antor, n'était pas au courant de ses escapades, mais il avait peut-être chargé Ker de découvrir la raison de ses absences.

Antor était un riche paysan, propriétaire de vastes domaines dans le Wiltshire. Grâce à sa fortune, son fils aîné avait fait son apprentissage chez un cousin des Lancastre, et il était devenu chevalier malgré ses origines roturières.

Arthur avait supplié en vain son père de lui permettre de suivre les traces de son frère. Antor refusait obstinément sous prétexte que le garçon était trop délicat pour se frotter aux rudes écuyers de Lancastre. Léger, peut-être, mais délicat, certainement pas ! Il est vrai qu'il pesait dix-huit kilos de moins que Ker. Mais il était souple, rapide, adroit et endurant.

« Délicat ! Un jour, je leur montrerai ! » enragea-t-il.

Il enfourcha Rex, son coursier blanc, et se hâta vers le lieu de son rendez-vous, dans la lueur de l'aube.

Ingberg l'attendait à l'endroit habituel, toujours le premier, quelle que soit la promptitude d'Arthur. On aurait dit que le vieux guerrier passait sa vie dans la forêt et ne dormait jamais. Arthur avait rencontré ce mercenaire saxon un an auparavant, sur le marché de la Saint-Jean.

Il avait pris sa défense alors qu'une bande de brigands empêchait Ingberg de franchir le vieux pont du village sous prétexte que le mercenaire refusait d'acquitter un péage injustifié.

En réalité, Ingberg n'avait nullement besoin de l'aide d'Arthur. Guerrier redoutable, il avait combattu pendant près de trente ans en Italie, en Flandres et en Germanie. Mais à eux deux, ils avaient rossé la troupe adverse.

« Tu sais manier un bâton, avait constaté Ingberg. Tu devrais apprendre l'art de l'épée. » Comme Arthur lui confiait amèrement que son père refusait de l'envoyer chez les Lancastre, alors qu'il avait accordé ce privilège à son frère aîné, Ingberg avait proposé de lui enseigner lui-même la science des armes.

Arthur avait accepté avec enthousiasme. Et donc, chaque lundi depuis bientôt un an, il rejoignait en secret son maître d'armes au cœur d'Arendal.

– C'est maintenant que tu arrives ?

Ingberg était furieux.

– L'heure habituelle, maître, protesta Arthur.

Pour sa peine, le mercenaire lui cingla les mollets.

– Tu es en retard de deux sabliers !

Mieux valait éviter de contredire le Saxon, violent, entêté et irascible. Arthur l'avait appris à ses dépens. L'homme était grand, maigre, noueux comme un chêne, borgne et couturé de cicatrices, dont l'une entaillait son visage en diagonale. Ses cheveux ressemblaient à de la paille de fer, et ses muscles saillaient comme des cordes.

À plusieurs reprises, ses coups avaient assommé Arthur. Mais à ce contact rugueux, l'élève avait appris la science de l'épée et celle de la lance. Ses progrès avaient été rapides dans tous les domaines. Cependant, s'il voyait parfois briller une lueur de satisfaction dans l'œil unique du Saxon, il était inutile d'attendre de sa part le moindre compliment. Arthur n'était jamais assez rapide, assez adroit ni assez vigoureux à son gré, malgré les exercices qui développaient son corps d'une manière stupéfiante.

Ker avait été le premier surpris. Une semaine auparavant, en réponse à son défi, Arthur avait cloué son frère au sol. Le chevalier, si fier de sa force, avait convenu : « Tu deviens un homme », avant de lui asséner un coup par surprise, qu'Arthur n'avait su éviter.

– Trop lent !

Après avoir esquivé son assaut, Ingberg lui asséna un plat de lame au creux des reins. Une punition humiliante ! Le vieil homme était imprévisible et d'une adresse diabolique.

– Garde-toi ! Mieux que ça !

Les chocs se multipliaient. Arthur les para tous avant de porter un coup qui aurait transpercé un autre adversaire. Ingberg détourna la lame avec une grimace qui pouvait passer pour un sourire.

– Belle réplique !

L'éloge, le premier depuis le début de son apprentissage, galvanisa Arthur. Il amplifia ses attaques, forçant son maître à reculer. Cependant, malgré tous ses efforts, il ne réussit pas à l'atteindre. Et, l'offensive achevée, Ingberg contre-attaqua avec une telle vigueur qu'Arthur dut reculer à son tour. Au bout de trois quarts d'heure de ce combat furieux, l'élève sentit son bras faiblir. Tous ses muscles étaient douloureux. Il trébucha.

– Tu demandes grâce, déjà ! railla le Saxon. Ton père a raison : tu es trop délicat pour devenir chevalier. Tout juste bon à filer la laine comme une pucelle.

Ulcéré, Arthur para un nouvel assaut et porta un coup d'une telle puissance qu'il aurait fendu le crâne de son adversaire, si le mercenaire ne s'était pas gardé d'un geste désespéré. Sous le choc, les deux lames se déformèrent.

– Que dites-vous de ce fuseau, messire ? ironisa Arthur.

– C'est bien pour l'épée, concéda le guerrier. Voyons maintenant ce que tu vaux à la lance.

Il alla détacher son coursier. Pendant ce temps, Arthur monta sur Rex. Le cheval était beaucoup moins lourd que celui du Saxon, mais plus rapide et fougueux.

Chacun s'équipa d'un casque, d'une lance et d'un bouclier. Puis, face à face, ils s'élancèrent, lance baissée. Arthur toucha son adversaire à trois reprises sans réussir à l'ébranler avant d'être désarçonné. « L'homme est un roc », pensa-t-il, admiratif.

Le borgne sembla lire dans ses pensées. Un sourire éclaira son visage mutilé.

– Te voici digne de jouter aux tournois d'Angleterre, dit-il avec un mélange de conviction et d'ironie.

– Quand ? s'écria Arthur.

– Bientôt.

– Mon père ne voudra jamais.

– Les êtres évoluent. Toi, tu n'es plus le même que le garçon que j'ai rencontré il y a un an. Tu as changé, ton père peut en faire autant.

– Je n'ai même pas d'arme ! grommela Arthur avec dépit.

Ingberg fournissait épée, lance, arc, casque et bouclier, mais il remportait son équipement à la fin de chaque entraînement.

Arthur espérait que le Saxon lui offrirait l'épée avec laquelle il avait tant de fois combattu. Il suffirait de la confier au forgeron du village pour redresser la lame. Il fut déçu, une nouvelle fois, quand Ingberg attacha l'arme à la selle de sa monture. Arthur était trop fier pour quémander.

– Bientôt, tu auras une épée que le monde entier t'enviera, assura le maître d'armes.

« Bientôt ! » songea Arthur avec amertume. Son père n'avait que ce mot-là à la bouche. Il le répétait chaque dimanche sans jamais tenir ses promesses. Pour lui être agréable, Arthur avait appris à lire et à écrire au monast ère voisin. Il connaissait le latin. Ses professeurs le félicitaient. Antor était fier de lui. Arthur le soupçonnait de vouloir faire de lui un moine quand il rêvait de devenir chevalier. « Tu porteras le froc. Je viendrai te confesser mes péchés d'amour », plaisantait Ker. Dans ces moments-là, Arthur haïssait son frère.

– À lundi ? lança-t-il au Saxon prêt à quitter les lieux avec armes et bagages.

– Peut-être.

– Quand nous reverrons-nous, si ce n'est lundi ?

– Bientôt.

Encore ce maudit mot ! L'œil unique du maître d'armes pétillait, cependant Arthur n'avait pas le cœur à rire. Après la mort du roi Uther Pendragon, la Grande-Bretagne s'était divisée en plusieurs royaumes qui se livraient des guerres sans merci. Comme tout mercenaire, Ingberg pouvait se mettre au service de l'un des clans ennemis. Il en parlait, parfois. Arthur resterait seul, son rêve brisé, avec la triste perspective d'entrer à l'abbaye ou de succéder à son père lorsque Ker irait guerroyer dans le camp des Lancastre.

Perdu dans ses pensées, il fut surpris quand Ingberg s'approcha de lui pour le serrer dans ses bras en répétant :

– À bientôt.

Le Saxon n'était guère familier de ces gestes d'amitié. En réalité, c'était la première fois qu'il touchait son élève, sauf avec le fer d'une épée ou le bois d'une lance. Une étrange émotion envahit Arthur, et sa voix trembla lorsqu'il murmura :

– À bientôt, maître.

Chapitre 12

EXCALIBUR

La tempête avait soufflé toute la nuit, retardant la venue des huit rois. Puis, à l'aube, un vent violent avait chassé tous les nuages. Le soleil resplendissait. Les rois étaient arrivés l'un après l'autre, fourbus et furieux, venus de toutes les régions de l'île.

Leurs hommes, en habits de fer, leur ouvraient un passage à travers la masse des curieux, prenant plaisir à piétiner les manants peu empressés à s'écarter. Des querelles éclataient un peu partout, parfois entre troupes rivales, si bien qu'il fallut une heure entière pour voir les souverains tous alignés devant le parvis de la cathédrale de Carduel, où Merlin les avait convoqués.

À la façon dont les rois s'épiaient, on sentait que la guerre pouvait reprendre à chaque instant entre ces hommes qui se haïssaient.

Soudain, une lumière éblouissante jaillit de l'église. Les rois, leurs vassaux et leurs chevaliers furent aveuglés. Certains, frappés de terreur, tombèrent à genoux.

– Merlin !

Le nom, chuchoté, courait dans les rangs des milliers d'hommes assemblés, nobles, bourgeois et paysans, venus presque malgré eux assister à un prodige : ce jour-là, la Grande-Bretagne allait retrouver sa gloire perdue, l'Enchanteur l'avait promis.

Puis la lumière s'éteignit et l'homme en manteau blanc s'avança vers la foule. C'était bien Merlin. Même ceux qui ne l'avaient jamais vu le reconnaissaient.

Arthur avait accompagné son père, son frère et deux de leurs valets à Carduel. Jouant des coudes, il se fraya un chemin dans la cohue, et se retrouva derrière les hommes d'armes qui protégeaient les huit rois. Aux propos qu'il saisissait, il comprenait que certains détestaient le magicien ; d'autres le vénéraient ; mais aucun, ami ou ennemi, n'aurait osé s'attaquer à lui, car on redoutait ses pouvoirs.

L'Enchanteur leva la main comme pour réclamer un silence qui s'était déjà instauré. Les hommes se frottaient les yeux, les plus hardis s'impatientaient.

– Uther Pendragon était un grand roi.

La voix de Merlin, étonnamment puissante et autoritaire, résonna au-delà de la place, jusqu'au palais royal, dont on apercevait les tours orgueilleuses au-dessus des toits. Les hommes, subjugués, écoutaient le discours presque malgré eux. Cette voix, Arthur crut l'avoir déjà entendue alors qu'il n'avait jamais rencontré le magicien.

– Uther Pendragon a succombé au cours de son dernier combat, poursuivit Merlin, et, depuis sa mort, la Grande-Bretagne n'a connu que divisions, trahisons, vengeances, violences, massacres, pillages et famines. Ces temps de misère doivent cesser. *Un seul roi, une seule terre*, la devise d'Uther va renaître.

Le regard du magicien balaya l'assistance, à commencer par les huit rois qui avaient dépecé l'ancien royaume après la mort d'Uther. Il scruta ensuite les vassaux, les chevaliers, et s'arrêta un instant sur Arthur. Le jeune homme frissonna. Il avait l'impression de connaître ces yeux bleus, leur malice, leur sympathie, leur fureur, parfois. Il secoua la tête comme pour se délivrer d'un rêve. Il n'était rien, dans cette assemblée de grands seigneurs, et ne méritait pas un regard.

– Aujourd'hui sera désigné le successeur légitime d'Uther Pendragon.

Une nouvelle fois, les yeux bleus firent le tour des spectateurs comme pour leur faire sentir le poids de ses paroles.

– Oui, mes amis, l'élu se trouve parmi vous.

Les rois se regardèrent avec méfiance, prêts à contester l'élévation d'un rival.

– Qui est-il, cet élu ? ironisa Urien, le roi du pays de Galles, l'un des souverains les plus puissants de l'ancien royaume.

Pétri d'orgueil, il était peu désireux d'avoir un nouveau maître quand il avait abandonné Uther au milieu des périls pour mener sa propre guerre et se tailler un royaume à sa mesure.

– Dieu le désignera, répondit Merlin.

– Dieu ou le diable ! grommela Urien.

Au même instant, les portes de la cathédrale s'ouvrirent. Arthur vit apparaître Roger Debrice, l'archevêque de Carduel, un saint homme respecté de tous.

– Que la prière nous inspire.

D'un geste, l'archevêque invita l'assemblée à entrer dans l'église. Tous obéirent, les rois en tête. Arthur se trouva relégué au fond, parmi les manants.

Malgré ses vastes dimensions, la nef contenait difficilement les fidèles. Nobles et roturiers étaient pressés les uns contre les autres, sans distinction de rang. Arthur, juché sur un socle de pierre, résistait à la houle humaine qui menaçait par instants de le déloger. Il observait les lieux avec admiration, car l'église de son village était en bois, livrée aux vents et aux oiseaux. Ici, la voûte de chêne, en forme de coque de navire, était si haute qu'elle disparaissait dans le ciel.

Dans le chœur, trois prêtres officiaient aux côtés de l'archevêque. Il y avait des tentures écarlates, de grands cierges de cire blanche, un parfum d'encens.

Fait étonnant, l'orage était revenu. Ses grondements couvraient par moments la voix de l'archevêque. Sitôt les portes refermées, les éléments s'étaient déchaînés. Les murs tremblaient. Des éclairs incendiaient les vitraux. Un vent mystérieux soulevait les tentures et couchait la flamme des cierges. La pluie fouettait la voûte de bois. « Un vaisseau dans la tempête », songeait Arthur.

Au bout d'une heure, la messe dite, les portes s'ouvrirent. Les fidèles s'immobilisèrent sur le parvis, éblouis par le soleil. Le ciel était tout bleu, les oiseaux chantaient, et la terre sèche insinuait que l'orage n'avait été qu'une illusion. Merlin parut, majestueux, comme s'il avait fait surgir le soleil après avoir provoqué la tempête.

Cependant, ce n'était pas le magicien qui intriguait les spectateurs. Sur le parvis s'élevait un rocher monumental qui n'existait pas une heure auparavant. Sur la pierre reposait une enclume, et dans ce bloc d'acier, une épée au pommeau d'or enfoncée jusqu'à la garde. Les hommes tournaient autour de cette apparition, en proie à une crainte superstitieuse.

– Celui d'entre vous qui parviendra à retirer l'épée deviendra le roi suprême de Grande-Bretagne, annonça Merlin d'une voix vibrante.

– C'est Excalibur, l'épée d'Uther Pendragon, s'écria Marc, roi de Cornouailles.

– C'est elle, l'épée des rois, je la reconnais, confirma Tristan de Salisbury d'une voix émue.

L'ancien protégé de Merlin, loyal et dernier défenseur d'Uther Pendragon, était devenu un puissant seigneur de vingt-huit ans.

– Diablerie ! gronda Loth d'Orcanie, l'un des rebelles.

– Ceci n'est pas l'œuvre du démon, le reprit l'archevêque, mais celle de Dieu.

En disant ces mots, il bénit l'épée.

– Malheur à l'homme qui tenterait de briser l'épreuve que le Seigneur a voulue. Le plus digne d'entre vous prendra la sainte épée et deviendra roi suprême.

Mesurant l'enjeu de la cérémonie, les rois se bousculèrent pour triompher de l'épreuve et s'emparer de la couronne.

– Paix ! commanda Merlin.

Son pouvoir les contint. Ils montèrent plus sagement, l'un après l'autre, sur la pierre. Urien, le plus puissant, se présenta d'abord. Il empoigna l'épée, réunit ses forces et tira. Cependant, il eut beau s'acharner jusqu'à épuisement, l'acier resta soudé à l'acier.

Ydier, le roi d'Irlande, réputé pour sa puissance physique, lui succéda. On prétendait qu'aucun homme ne lui résistait au combat à mains nues. Il ôta sa tunique de soie, exhibant de larges épaules et un poitrail de taureau, et cracha dans ses mains à la manière d'un manant. Puis il empoigna Excalibur. Ses muscles se gonflèrent, son visage se congestionna. Il tremblait, grondait comme une bête furieuse. À sa dixième tentative, une veine se rompit sur son cou. Il tomba à genoux, sanglant et vaincu. La lame n'avait pas bougé. De rage, il donna un coup de pied à l'enclume, d'où jaillit un éclair.

– Prends garde ! l'avertit Merlin.

Après Urien et Ydier, Marc de Cornouailles, Loth d'Orcanie, Angus d'Écosse, Norbert de Garlot, Herbert de Somerset et John de Mercie essayèrent tour à tour. Tristan de Salisbury s'approcha en dernier sous le regard bienveillant de Merlin. Le duc se disait que l'amitié du magicien, dont il était le filleul, pouvait le désigner, lui qui avait servi Uther au péril de sa vie et était digne de lui succéder. Il fut déçu : l'épée magique ne bougea pas d'un pouce. Après lui, les princes et les ducs cédèrent la place aux petits vassaux et aux barons. Cent hommes tentèrent l'épreuve sans résultat. Excalibur resta obstinément prisonnière de son fourreau de fer.

– Où est-il, ton fameux roi suprême ? railla Urien. Les meilleurs d'entre nous ont échoué.

– Pas tous, le reprit Merlin d'une voix douce, pas tous.

Le roi d'Irlande, soupçonneux, cracha sur le sol.

– Je lis dans ton jeu, vieux sorcier : tu vas retirer toi-même l'épée emprisonnée par magie, et devenir roi.

– Si j'avais souhaité devenir roi, et si Dieu l'avait permis, je le serais aujourd'hui. Mais ton exemple ne m'y encourage guère, répliqua l'Enchanteur.

Sous l'éclat insoutenable de ses yeux bleus, le colosse battit en retraite.

– Pas tous, as-tu dit ? ironisa Loth. As-tu l'intention de recruter un berger ou un porcher ?

Le magicien sourit d'un air mystérieux.

– Pourquoi pas, si Dieu le désigne ?

– Un roi crotté ! s'esclaffa Angus.

Le rire des rois se communiqua au reste de l'assemblée.

– Qui sait ce qui se cache dans les cœurs ? soupira Merlin.

– En attendant l'élu du Seigneur, nous veillerons sur l'épée, avertit l'archevêque.

Il désigna douze chevaliers, choisis pour leur droiture et leur piété, et leur ordonna :

– Vous allez protéger Excalibur jour et nuit, au nom de Dieu.

– Aucune arme, à part elle, ne sera admise sur le rocher, ajouta Merlin.

Le soleil fit soudain étinceler l'épée magique. L'or du pommeau flamboya, et la lame émit une vibration qui évoquait une musique céleste. L'un des chevaliers se signa.

– On dirait qu'elle nous entend.

– Dieu vous entend, rectifia l'archevêque. Tout le reste n'est qu'illusion.

Chapitre 13

LE SANG ROYAL

– Mon épée, vite ! commanda Ker à Arthur.

Le jeune chevalier observait avec nervosité les champions prêts à s'affronter dans le champ clos où allait se dérouler le tournoi, sous les yeux des huit rois et des grands seigneurs de l'île. On affirmait que le vainqueur, même s'il n'était qu'un obscur chevalier, aurait le droit de saisir Excalibur. Pour récompenser sa bravoure, Dieu lui permettrait de délivrer la lame et de ceindre la couronne. Ce n'était qu'un bruit, mais il résonnait avec violence dans ces têtes pleines des rêves les plus fous.

– Qu'attends-tu ? s'exclama Antor.

Arthur cherchait autour de lui d'un air désemparé. Ker lui avait bien confié son épée, baptisée Ardente, mais, avec la ronde des rois, les ors de la grand-messe, la magie de Merlin, l'apparition d'Excalibur et le spectacle qui avait suivi, Arthur avait oublié l'arme.

Il se frappa le front.

– Je me souviens : je l'ai laissée dans notre tente !

– Dans la tente ? s'exclamèrent d'une même voix Antor et Ker.

Une arme de cette valeur abandonnée sous un abri de toile au milieu de cent autres ! Arthur devinait les pensées de son père : « Décidément, ce garçon est gentil, mais par trop négligent. Incapable d'être un jour chevalier. » À force d'être harcelé, Antor avait promis à Arthur de le faire admettre à l'école des armes des seigneurs de Rockburn.

Ker et Antor le virent se précipiter vers leur campement.

– Cet enfant me déçoit, soupira Antor.
– Cet enfant ? gronda Ker. Il a seize ans !
– Il rêve et n'attache aucun prix à nos biens.
– Sauf lorsque notre honneur est en jeu, fit remarquer Ker. On dirait…
– Que veux-tu dire ?
– Qu'il est différent, de bonne race cependant. Je crois qu'il fera un fier chevalier.
– Pour ça, nous verrons, murmura Antor, soucieux.

Pendant ce temps, Arthur s'affolait en découvrant qu'on avait tranché les lacets de leur pavillon en leur absence. Comme il le redoutait, l'épée de son frère avait disparu. C'était lui qui devait veiller sur elle, et il avait failli. Sans elle, Ker ne pourrait pas participer au tournoi dont il rêvait.

– Mon Dieu, aidez-moi !

Il parcourut le camp en tous sens, vaincu d'avance. Il y avait près de mille hommes dans cette cité de toile. Autant chercher une aiguille dans une meule de foin.

Il se précipita chez l'armurier de Carduel. L'homme était célèbre pour la qualité de ses aciers. Chacune de ses épées valait une fortune. Arthur caressa la plus longue et supplia :

– Prêtez-la-moi, messire.

L'armurier partit d'un gros rire.

– Nous verrons quand tu seras duc.
– C'est pour mon frère, un chevalier valeureux qui doit se rendre au tournoi.
– Chevalier ? Alors, il a déjà une épée.
– On l'a volée.

– Fameux guerrier qui se fait dérober son arme avant d'avoir combattu !

Cette fois, les rires de l'armurier et de ses apprentis firent résonner la forge.

– Va dire à ton frère de revenir avec sa bourse et vingt pièces d'or. Je garde son épée au chaud.

Arthur s'éloigna en courbant la tête. Déjà, les trompettes annonçaient le début du tournoi. La pensée qu'il avait trahi Ker le désespéra. Il marchait au hasard, sans savoir où il allait. Puis, en passant devant la cathédrale, il aperçut l'épée magique. Une idée insensée jaillit dans son esprit. Dix chevaliers préposés à la garde d'Excalibur s'étaient précipités vers le lieu du tournoi. Les deux derniers semblaient dormir. Tout était étrangement désert. La menace d'un châtiment surnaturel suffisait pour que nul ne se risque à approcher de l'enclume sans la permission de Merlin.

Arthur se souvenait des yeux du magicien. Son regard ressemblait à une invitation. Alors, soudain, tout lui sembla possible. Il monta sur le rocher et saisit l'épée. Aussitôt, il perçut une vibration, une lumière, une musique céleste. Elles envahirent son être. Il retira l'arme de sa gangue d'acier sans effort. La lame avait l'éclat d'un feu ardent.

Voyant accourir Ker, il sauta sur le parvis et lui offrit l'épée en disant :

– Va ! Et que Dieu t'accorde la victoire !

Ker s'empara de l'épée avec une joie sauvage. Il se précipitait vers le champ clos où débutaient les combats quand son père survint à son tour.

– Excalibur ! s'écria-t-il avec une stupeur teintée d'effroi.

Il saisit le poignet de son fils aîné.

– C'est toi qui as retiré l'épée du roi ?

– Oui, père, mentit Ker.

Antor le dévisagea, soupçonneux.

– Comment as-tu fait ? Montre-moi !

Le grand chevalier se troubla et confessa :

– Ce n'est pas moi, c'est Arthur.

Après cet aveu, il rendit spontanément l'épée à son frère. Le regard d'Antor s'adoucit. Il murmura avec émotion :

– Arthur !

Cependant, les gardiens d'Excalibur se précipitaient. Avertie du prodige, la foule s'assemblait. Arthur aperçut les rois et les barons.

– Supercherie ! gronda Urien.

Au même instant, Merlin parut en compagnie de l'archevêque. L'Enchanteur, impressionnant, força la foule à s'écarter. Il s'arrêta devant Arthur et lui ordonna :

– Remets l'épée où tu l'as prise.

Sans protester, Arthur escalada la pierre et remit Excalibur en place aussi facilement qu'il l'avait retirée. Dans son fourreau de fer, la lame parut s'endormir. Alors, Merlin s'adressa à Urien :

– Essaie à ton tour, c'est ton droit.

Le roi monta sur le rocher, empoigna l'épée et tira avec vigueur. La lame resta soudée au fer, et l'enclume à la pierre.

– Essaie encore, proposa Merlin.

Urien secoua la tête avec dépit.

– Inutile, c'est une diablerie.

– Je t'interdis de parler ainsi ! intervint l'archevêque. L'arme a été bénie. Le diable n'habite que les cœurs envieux. Seule la volonté divine retient Excalibur, et seul l'élu de Dieu pourra la délivrer.

– Qui veut encore relever le défi ? lança Merlin d'une voix forte.

Les rois, Loth, Angus, Ydier, Marc, Herbert, John et Norbert, mêlés aux curieux, refusèrent, les uns par loyauté, les autres par crainte d'une nouvelle humiliation.

Les manants poussèrent l'un d'entre eux vers la pierre. C'était un bûcheron nommé Gerfaut, un géant de deux mètres de haut, doté d'une force prodigieuse. Comme il ôtait son bonnet et piétinait d'un air intimidé devant l'archevêque, celui-ci le rassura :

– Ne crains rien : Dieu t'invite à essayer.

Des cris d'encouragement retentirent :

– Vas-y, Gerfaut !

– Arrache l'épée !

– C'est toi, le roi !

Aussitôt, l'homme monta sur la pierre avec une agilité étonnante pour sa stature. Il saisit l'arme. Les jambes ployées, il secoua l'épée avec fureur pendant plusieurs minutes avant de retomber en arrière, épuisé et vaincu.

Un silence craintif pesa sur les témoins du prodige. Urien ne masquait pas sa déception : il espérait secrètement le triomphe du bûcheron pour démontrer que l'épreuve n'était qu'un artifice.

Merlin désigna l'épée :

– Arthur !

Le jeune prétendant s'avança. D'une seule main, il retira Excalibur et la brandit, flamboyante, sous les yeux de la foule. Les uns applaudirent, les autres se découvrirent et s'agenouillèrent. L'archevêque, très ému, s'avança et serra Arthur dans ses bras en disant :

– Dieu t'a distingué entre tous. Montre-toi digne de la grâce qu'il t'accorde.

Cependant, les rois discutaient entre eux à voix basse. Urien se fit leur porte-parole en déclarant :

– Ce grand royaume ne peut être gouverné par un damoiseau, presque un enfant.

– Il n'est même pas chevalier, ajouta Angus.

– Un manant ! lança Loth avec mépris.

– Tu te trompes ! intervint Merlin. Arthur est jeune, certes, mais il est de sang royal. Il est le fils légitime d'Uther Pendragon.

– Mensonges ! cria Urien. Uther n'avait pas de fils !

– Il en a eu un de la reine Ygreine, répliqua Merlin. Le roi me l'a confié à sa naissance pour lui permettre d'échapper à ses ennemis. Uther Pendragon est mort. Son fils est bien vivant et prêt à régner à sa place afin de restaurer l'unité du royaume.

– Qui nous le prouve ? s'écria Loth.

– Moi, seigneur, dit Antor en s'avançant. Je confirme que Merlin m'a confié l'enfant. J'ignorais le nom de ses parents. Malgré tout, mon épouse l'a nourri et je l'ai élevé comme mon propre fils. Il a toujours été d'un autre sang, plus ardent, plus noble. J'ai veillé sur lui comme sur un trésor.

– C'est vrai, confirma Ulfin, l'un des anciens ministres d'Uther Pendragon, réputé pour sa sagesse et sa droiture.

En entendant ces discours, le plus étonné de tous était Arthur. Son regard, empreint d'une violente émotion, allait de Merlin à Antor. Fils de roi ? Roi lui-même ? C'était un rêve insensé.

Ydier, le puissant roi d'Irlande, dressa devant lui sa masse imposante.

– Roi suprême ! Un freluquet dont je ne ferais qu'une bouchée ?

– Crois-tu ? murmura Merlin avec une douceur suspecte.

Ydier tira son épée.

– Pourquoi ne pas vérifier ?

L'Enchanteur s'adressa à Arthur :

– Veux-tu démontrer à cet incrédule que tu es digne d'assurer la protection et la grandeur de nos royaumes ?

En prononçant ces paroles, il plongea son regard dans celui d'Arthur, et, soudain, le jeune guerrier ne vit plus les yeux bleus et la robe blanche du magicien, mais le visage borgne et balafré d'Ingberg. Et il comprit que le maître qui l'avait formé en secret depuis presque deux ans n'était autre que Merlin.

– De grand cœur, messire, dit-il en riant de plaisir.

Ydier, prenant ce rire pour une provocation, fit mine de se jeter sur l'insolent. Merlin le retint.

– Il s'agit du jugement de Dieu, messire. Un duel loyal. Conduisez-vous en roi, si vous pouvez !

Avec autorité, l'Enchanteur fit évacuer la place. Cinquante chevaliers continrent la foule au-delà d'un vaste cercle réservé aux combattants.

Certain de sa victoire, le roi d'Irlande s'appuyait maintenant sur sa grande épée plantée en terre, et souriait d'un air moqueur. Il allait châtier l'imprudent et se venger de Merlin, qu'il haïssait.

Au premier rang des spectateurs, Antor et Ker s'inquiétaient. Ils connaissaient l'audace d'Arthur, mais, ignorant la science que lui avait inculquée le magicien, ils pensaient que, sans expérience des armes, malgré son épée magique, il n'avait aucune chance de résister au géant dont la force était légendaire.

Le père et son fils aîné regardaient Merlin avec l'espoir qu'il éviterait le duel ou qu'il jetterait un sort à l'Irlandais. Cependant, l'Enchanteur ne semblait pas disposé à aider son protégé. Il se retira après avoir désigné Marc de Cornouailles pour arbitrer le combat.

Marc tendit son épée. Les deux adversaires posèrent leurs armes en croix sur sa lame, puis il la retira en lançant d'une voix forte :

– Dieu vous aide !

Entre le géant d'Irlande et le jeune prétendant au trône, la disproportion était telle que l'issue du duel ne faisait aucun doute dans l'esprit des spectateurs.

– À toi, Ydier ! cria Urien.

Encouragé, l'Irlandais asséna un coup terrible de haut en bas. Arthur l'évita avec souplesse. La grande épée du roi se planta dans le sol. Arthur se tint loyalement à l'écart pour laisser Ydier dégager sa lame et préparer un nouvel assaut. Cette fois, le roi d'Irlande porta un coup oblique. Arthur se baissa sous l'acier. Son épée frôla celle de son adversaire et l'on vit jaillir un éclair. Alors qu'il n'avait fait qu'esquiver, le jeune guerrier s'anima soudain, et son adversaire fut pris dans un véritable tourbillon. Excalibur volait sans cesse de son cœur à son visage. L'acier étincelait et vibrait, un chant s'élevait, s'amplifiait. Désemparé, Ydier leva son épée pour parer une attaque. Les spectateurs furent alors témoins d'un nouveau prodige : Excalibur trancha la lame du roi. Désarmé, le géant sentit l'estoc de son adversaire lui piquer la gorge.

– Ai-je bien combattu ? plaisanta Arthur.

Un grognement furieux fut la réponse. Ydier jeta les débris de son épée tandis que la foule acclamait le vainqueur.

– Pas mal pour un novice, murmura Merlin.

– Le mérite en revient à Excalibur, répondit Arthur, modeste.

– Et à ton maître d'armes, ajouta le magicien avec un clin d'œil.

À l'écart de la foule enthousiaste, les rois, hostiles, avaient repris leur discussion à voix basse. Cependant, les rebelles n'étaient plus que cinq à présent : Urien, Ydier, Angus, Loth et John. Les autres prêtèrent hommage à Arthur sans réticence. Parmi eux, Marc de

Cornouailles, Herbert de Somerset et Tristan de Salisbury étaient les plus chaleureux.

Merlin surveillait Urien. La victoire d'Arthur avait déjoué les projets du souverain du pays de Galles, et renforcé l'ascendant du roi élu sur son peuple. Cachant sa déconvenue, Urien feignit d'ignorer Merlin et s'adressa à l'archevêque.

– Ces événements sont si soudains et imprévus qu'ils exigent réflexion. Monseigneur, accordez-nous un délai, disons trois mois. Nous reviendrons ici vous porter notre réponse.

Roger Debrice consulta Merlin du regard. L'Enchanteur inclina la tête.

– Soit, dit l'archevêque. Cela nous laissera le temps de préparer la cérémonie. Vous viendrez le jour de la Résurrection de Notre-Seigneur pour assister au couronnement de votre roi et lui prêter hommage.

– Son couronnement ou sa condamnation, murmura Urien entre ses dents.

Chapitre 14

LE DÉFI

Les cloches s'étaient tues. Après avoir entendu la messe de Pâques, les fidèles se dispersaient. Soixante chevaliers et deux ducs, Tristan de Salisbury et Amaury de Norfolk, étaient réunis autour d'Arthur. On attendait toujours les cinq rois, dont les armées étaient six fois plus nombreuses que celles du jeune souverain. Au fil des heures, ses jeunes guerriers devenaient nerveux. Seul Merlin, les yeux fixés sur l'horizon, demeurait impassible.

– Ils viennent.

Arthur sourit. La plaine et les collines étaient désertes, mais l'Enchanteur voyait bien au-delà du regard des simples mortels. Sa présence le rassurait. N'avait-il pas veillé sur lui depuis sa naissance ? Sans lui, il ne serait qu'un fantôme de souverain, un jeune homme en habit de velours bleu, avec pour seul attribut royal Excalibur, fixée à sa taille par une ceinture et un fourreau de cuir cerclé d'or. Mais, après tout, l'arme merveilleuse valait bien une couronne !

Merlin leva la main. Aussitôt, des cavaliers envahirent l'esplanade, sautèrent à terre et s'avancèrent vers la cathédrale. Arthur reconnut Marc de Cornouailles. Le grand seigneur lui prit la main et la porta à ses lèvres en signe d'allégeance.

– Arthur Pendragon, je te reconnais pour suzerain et fais serment devant Dieu de te servir loyalement et de te rester fidèle jusqu'à la mort.

Quand Marc se releva, Arthur le serra dans ses bras.

– Merci à toi, duc. Tes conseils et ton amitié me seront précieux pour administrer mon royaume.

Cornouailles ne sourcilla pas en entendant Arthur lui donner le titre de duc, alors qu'il s'était arrogé celui de roi après la mort d'Uther Pendragon. Car, désormais, il ne devait y avoir qu'un souverain unique en Grande-Bretagne. Cependant, son visage s'assombrit.

– Méfie-toi : tes vassaux complotent contre toi.

Il prit Merlin à témoin. Mais le magicien guettait une rumeur lointaine, qui grandit jusqu'à faire trembler le sol. Et, dix minutes plus tard, plusieurs centaines de cavaliers armés surgirent, sous les ordres de cinq rois en grand apparat : Urien, Loth, Ydier, Angus et John de Mercie.

– Pourquoi venir dans la maison de Dieu en compagnie aussi belliqueuse ? s'indigna l'archevêque. C'est un couronnement, pas une guerre !

– Ce sera l'un ou l'autre, à votre gré, monseigneur, répliqua Loth avec insolence.

– Nous venons apporter notre réponse, comme prévu, ajouta Urien.

Merlin posa un regard ironique sur la petite armée qui avait envahi l'esplanade.

– C'est un message bien lourd à porter.

Le roi du pays de Galles haussa les épaules.

– Les temps sont difficiles. Nous ne voulons pas d'un novice pour gouverner notre île.

– Dieu a désigné Arthur Pendragon, rappela l'archevêque. Voudrais-tu aller contre sa volonté ?

– Est-ce réellement Dieu ? Nous en doutons.

– Que veux-tu dire ?

– Que vous pouvez être victime d'un sortilège,

monseigneur. La magie de cette épée fait illusion. Nous verrons si Dieu donne à ce blanc serin la force de résister à ses ennemis.

– Ses ennemis ? s'exclama Arthur.

Sa main se crispa sur Excalibur, qui se mit à rayonner avec plus d'intensité. Ce contact lui permit de faire face sans crainte aux rois qui le défiaient.

– Oui, petit faucon, railla Urien. Cette île recèle plus de dangers que tu peux l'imaginer, et tu n'as pas encore assez de bec et de serres pour les affronter.

– Avec votre aide, je le pourrai, messire, assura Arthur.

Urien frappa son armure de son poing ganté de fer.

– Je ne défendrai pas ta couronne au prix de la mienne !

– Tu as tort, Gallois, intervint Merlin.

Urien porta la main à son épée.

– Est-ce une menace ?

– Au contraire, répliqua le magicien. C'est toi qui auras besoin d'Arthur Pendragon. Souviens-toi que je lis l'avenir aussi clairement que le présent. Ton pouvoir sera durable ou éphémère, tout dépend du roi.

– Nous verrons si tu as raison de soutenir une cause perdue.

– J'étais sur le point de te dire la même chose, Gallois.

L'escorte imposante des cinq rois avait mis pied à terre. Tandis que les valets retenaient leurs montures, les cavaliers encerclèrent la cathédrale. L'archevêque s'avança sur le parvis, brandissant une croix.

– Ne me forcez pas à lancer sur vous l'anathème.

– Nous ne sommes pas venus ici dans une intention hostile, affirma Angus.

– Non ? Alors pourquoi cette grande armée ? ironisa Merlin.

Le roi d'Écosse haussa les épaules, dédaigneux.

– Ces hommes ne sont pas des guerriers, en l'occurrence, mais des témoins. Tous sont nobles et représentent le royaume pour prendre acte de notre refus d'obéissance à un usurpateur.

– Pas tout le royaume, démentit Marc de Cornouailles en se plaçant devant Arthur.

– Pas tout le royaume, non, dit Herbert de Somerset en se joignant à lui.

– Je vous croyais plus avisés ! s'emporta Urien.

– Je te croyais plus loyal, répliqua Marc.

– Envers qui ? Ce bâtard ?

– L'héritier légitime d'Uther Pendragon, ton cousin et le mien.

Loth d'Orcanie prit ses alliés à témoin.

– Uther Pendragon est mort, et notre vassalité avec lui.

Au même instant, Arthur hissa Excalibur au niveau de ses yeux. Une lumière surnaturelle, émanant de l'épée, illumina son visage.

– Ensemble, nous accomplirons de grandes choses.

À l'entendre, on ne savait pas s'il s'adressait à Excalibur ou à ses fidèles. Ceux-ci réagirent comme un seul homme et mirent un genou en terre, la main sur le cœur, Tristan de Salisbury en tête.

– Jeunes fous ! ricana Ydier.

Il défia Arthur du regard.

– J'ai participé à plus de cent combats. Combien en as-tu livré, dis-moi ?

– Un seul, reconnut Arthur, mais je l'ai remporté.

Cette allusion à leur duel fit sourire son entourage et ulcéra l'Irlandais.

– Veux-tu te mesurer à moi une nouvelle fois ? gronda-t-il.

Merlin s'interposa aussitôt.

– Pas ici, Ydier. Tu perdrais la vie.

– Alors, où tu voudras, dit le roi d'Irlande moins assuré.

– Je serai à tes côtés, promit Urien.

Tournant le dos au parvis, ils rassemblèrent leurs cavaliers. Loth, Angus et John les imitèrent. L'armée rebelle évacua la cité. La poussière retomba. Le bruit des armes décrut. Le silence revint.

– Trois mois de palabres pour en arriver là, soupira Marc avec amertume.

Merlin secoua la tête.

– Trois mois pour préparer la guerre.

Arthur rengaina son épée.

– Leur armée est puissante.

– Cinq armées, rectifia le magicien. Ils sont puissants, certes, mais désunis. Leur alliance repose uniquement sur le refus d'obéir à leur souverain légitime. Ils diviseront vite leurs forces.

– Comment repousser cinq attaques à la fois ?

– Ou une grande armée ? intervint Amaury de Norfolk.

– Avec une poignée de chevaliers et un vieux magicien.

– Et la protection divine, ajouta l'archevêque.

Une douceur apaisante succéda au fracas des rebelles. Le soleil, perçant les nuages, faisait étinceler la rosace du fronton.

– Êtes-vous prêts à lutter à mes côtés ? demanda Arthur.

– De toutes mes forces, dit Tristan.

– Jusqu'à la mort, dit Marc.

– Jusqu'à la mort, reprirent en chœur les jeunes chevaliers en levant le faisceau de leurs épées autour d'Excalibur.

Chapitre 15

LE VOL DU DRAGON

– La bataille est finie ! exulta Arthur.

Il salua les chevaliers qui avaient défendu Carduel avec vaillance contre un ennemi très supérieur en nombre et en férocité. Ydier avait attaqué par surprise avec plusieurs milliers d'hommes, des balistes, des tours, des vulcains cracheurs de feu. Les Anglais avaient brisé l'assaut, puis lancé une contre-attaque avec une folle audace. Arthur lui-même s'était retrouvé au cœur de l'armée ennemie, face au roi d'Irlande, que son armure transformait en géant de fer. Il avait évité son fléau d'armes hérissé de pointes empoisonnées. Puis Excalibur avait frappé l'immense statue de métal entre le camail et l'épaulière. Terrassé, Ydier avait glissé de sa monture, le pied pris dans l'étrier. Son cheval l'avait emporté, et on avait vu la cuirasse du rebelle rebondir d'un bout à l'autre du champ de bataille.

– Victoire !

Voyant leur roi abattu, les Irlandais s'étaient rendus. Leur allié, John de Mercie, s'était enfui avec ses hommes. Les vainqueurs saluaient leur jeune roi, l'élu de Dieu.

– La bataille est terminée, confirma Merlin, mais la guerre ne fait que commencer.

Arthur fut stupéfait de découvrir le magicien sur son cheval blanc. Où se trouvait-il durant le combat lorsque les chevaliers de Carduel étaient livrés à eux-mêmes, sous les jets de pierre, les pluies de flèches et les langues de feu ?

La victoire acquise, il était là, placide, sermonneur, parmi les guerriers qui soignaient leurs blessures et enterraient leurs morts.

– Nous avons besoin de repos et de vin, dit Arthur. Retournons au château.

L'Enchanteur secoua la tête.

– Pas question de boire ni de dormir ! Nous allons en Cornouailles.

– En Cornouailles ? s'esclaffa Arthur, allez-y si ça vous chante, mais sans nous. Bienheureux d'être vivants, vainqueurs et vivants !

– Ydier et ses Irlandais n'étaient qu'une diversion, expliqua Merlin. Urien, Loth et Angus assiègent Tintagel.

Tristan, qui ôtait difficilement son heaume déformé par les coups, assura d'une voix assourdie :

– Marc ne risque rien. Sa forteresse est solide et bien défendue. Elle attendra quelques semaines.

– Elle tombera si nous ne volons pas à son secours, s'entêta le magicien. Marc est, avec toi, Tristan, le soutien le plus fidèle d'Arthur. Le premier devoir d'un roi est de protéger ses vassaux.

– Pourquoi s'en prennent-ils à Tintagel ? s'étonna Arthur.

– La forteresse conquise, ils seront maîtres de la Cornouailles, et, si la province tombe, le reste du royaume sera en danger. Ceux qui hésitent rallieront les vainqueurs, prédit Tristan. Ton autorité est encore fragile, ta gloire, trop récente.

Merlin acquiesça avant d'ajouter :

– N'oublie pas que Tintagel est le fief de ta mère, Ygreine.

Arthur examina ses hommes épuisés.

– Combien d'entre nous sont encore en état de combattre ? Cinq cents ?

– Quatre cent soixante-deux, précisa Merlin.

Arthur partit d'un rire forcé.

– Vous êtes cruel !

– Cruel… Attends d'avoir vu Urien à l'œuvre !

Subjugués par la volonté du magicien, les chevaliers se regroupèrent. Tristan prit la tête de la troupe avec ses quarante cavaliers.

– Simple curiosité : combien sont nos adversaires, cette fois ? demanda le duc.

– Qu'importe le nombre ? répliqua Merlin. Le droit est avec nous.

– Avec le droit, mille hommes ne seraient pas de refus, plaisanta Tristan.

L'Enchanteur sourit. Tristan et Arthur. Le duc et le roi. Les destins des deux hommes étaient étrangement similaires, et il les aimait l'un et l'autre comme des fils.

« Le droit, autrement dit la magie », songea Arthur. Merlin était-il réellement absent de Carduel au moment de la bataille ? Ce n'était pas certain. À y réfléchir, les projectiles des Irlandais n'avaient fait aucune victime parmi ses fidèles, comme si un souffle invisible avait détourné leur trajectoire. Merlin, vieux sorcier ! Présent et invisible.

Après avoir confié les prisonniers à la garde de trente soldats, Arthur et ses hommes prirent la route du sud à travers vallons et forêts. La lune donnait aux cavaliers des allures de spectres.

À l'aube, ils firent halte au sommet d'une colline et allumèrent de grands feux. Après s'être délestés de leurs armures, les hommes soignèrent leurs chevaux fourbus. Arthur examina Excalibur. Bien qu'elle eût frappé plus de cent fois au cours du combat, la lame était intacte. Au moment de se coucher, il la serra contre lui et s'endormit.

Il s'éveilla le soir du même jour au milieu de ses chevaliers qui s'étiraient et grognaient.

– Vous avez dormi un jour entier, leur annonça le magicien.

Ils crurent à une plaisanterie. Cependant, le soleil qui amorçait sa descente vers la mer prouva qu'il disait vrai.

– La côte, déjà ? C'est impossible ! s'exclama Quentin, le plus jeune des cavaliers. Nous avons voyagé en dormant ?

– La Cornouailles devrait se trouver à des centaines de lieues, rappela Tristan.

Merlin pointa le doigt vers l'ouest.

– Pourtant Tintagel s'élève derrière ces falaises.

– C'est bien la mer qu'on entend ? demanda Quentin.

L'Enchanteur secoua la tête.

– C'est la guerre !

La rumeur lointaine d'une bataille ressemblait à l'assaut des vagues sur les rochers.

Après trois jours entiers de combats et de chevauchées, Arthur se sentait étrangement dispos. Ses compagnons étaient dans le même état de fraîcheur, impatients de s'élancer à l'assaut de l'ennemi.

– La Cornouailles après une seule nuit de voyage ? Impossible ! s'exclama Tristan, incrédule.

Merlin eut un sourire énigmatique.

– Les songes ont parfois des vertus que les humains sont incapables d'imaginer.

Ils s'avancèrent sur une file jusqu'aux falaises. Là, ils s'immobilisèrent devant le déluge de fer et de feu qui se déversait sur la forteresse. Urien, Loth, Angus et leurs alliés avaient acheminé jusqu'au pied des murs de hautes tours d'assaut, protégées par des peaux de bœufs. Plus à l'ouest, trois catapultes étaient en batterie. Leurs pierres ébréchaient les remparts. D'autres engins lançaient des balles de paille enflammée à l'intérieur de l'enceinte. Les toitures de bois brûlaient.

– Nous devrons combattre à pied, estima Arthur, après un examen des lieux.

– Suivez le bord du plateau, conseilla Merlin.

Tristan pointa son épée sur l'objectif.

– Nous risquons d'être pris au piège entre leurs archers et l'abîme !

– Faites ce que je vous dis, vous serez à l'abri.

La voix du magicien dissipa toute hésitation. Arthur leva Excalibur. Ses compagnons se rangèrent sur une seule ligne, puis ils dévalèrent la pente. En les apercevant, les rebelles se mirent à crier. Plus de la moitié d'entre eux, lancés à l'assaut du château, se trouvaient immobilisés sur les tours et les échelles.

Les cavaliers d'Arthur gagnèrent sans danger le bord de la falaise. Comme l'avait annoncé Merlin, ils étaient protégés des tirs par une barrière de roches invisible depuis le sommet. Abandonnant leurs montures, ils progressèrent vers le camp des rois avec l'intention de prendre l'ennemi à revers.

En atteignant leur but, ils virent se dresser devant eux plusieurs centaines de cavaliers en armure. Face à ce mur d'acier, ils n'avaient aucune chance et se préparaient à battre en retraite quand le ciel entier parut s'embraser. Ils crurent d'abord que l'ennemi avait réussi à incendier la forteresse. Puis ils virent apparaître un gigantesque dragon aux ailes déployées. Un souffle ardent balaya le plateau et les falaises, semant la panique parmi la cavalerie adverse.

– Merlin ! s'écria Arthur, fasciné.

Il fit signe à ses hommes de s'arrêter. Abrités derrière leur rempart naturel, ils virent passer, au-dessus de leurs têtes, pareils à des oiseaux fous, des étendards, des toiles, des chevaux et des hommes, emportés par l'haleine du dragon. Une lourde catapulte bascula dans la mer depuis le haut du plateau.

Le monstre céleste se déchaîna pendant plusieurs minutes, puis son hurlement s'apaisa. Le ciel s'éteignit. Arthur et ses chevaliers débouchèrent indemnes sur un champ de morts et de ruines. Les survivants, hébétés, constataient le désastre. Cependant, c'étaient des hommes rudes. Ils se regroupèrent pour affronter leurs adversaires. Malgré leurs pertes, ils étaient encore plus nombreux que les soldats d'Arthur.

Ceux-ci s'élancèrent contre cette masse bardée de fer, culbutèrent les premiers rangs, ouvrirent un chemin sanglant. Excalibur faisait des ravages, tranchant les casques et les hauberts. Sa musique triomphante s'élevait, joyeuse ou effrayante selon les cœurs amis ou ennemis qui l'entendaient.

Arthur croyait tenir la victoire quand un trait lancé par un arbalétrier abattit son cheval. Il fut projeté en avant. Sa tête heurta une pierre. Sous le choc, les attaches se rompirent et son heaume fut arraché.

Ses ennemis piétinaient autour de lui. L'ayant reconnu, chacun essayait de l'atteindre. Il roula sur le côté pour éviter un coup de hache d'armes, dont le fer se planta dans le sol. Un épieu l'atteignit à l'épaule. Il sentit les mailles de son haubert lui entrer dans la chair. Il frappa au hasard. Excalibur entama des jarrets. Trois ennemis tombèrent en hurlant. L'étreinte se desserra, il put se relever et se trouva face à Urien.

– Ton règne est terminé, bâtard !

Malgré la voix assourdie par son heaume, Arthur perçut le mépris du Gallois. La colère s'empara de lui. Esquivant la lame de son adversaire, il riposta. Excalibur trancha le haut de l'armure d'Urien à hauteur des épaules. Le roi chancela. Un deuxième coup lui arracha son heaume. Le suivant le désarma. Excalibur pesa sur sa gorge.

– Rends-toi ! exigea Arthur.

– Jamais ! répliqua Urien.

– Le combat était loyal. Il n'y a pas de honte à demander grâce.

Urien croisa les bras et se força à sourire.

– Plutôt mourir que m'abaisser devant un parvenu qui n'est même pas chevalier !

Arthur regarda le visage farouche de son adversaire. Du sang tachait les cheveux, le front et les épaules d'Urien. Il avait combattu avec courage, et, malgré son orgueil et sa violence, il était de haute noblesse.

Pris d'une inspiration inattendue, Arthur le libéra, s'agenouilla devant lui et lui offrit Excalibur en déclarant :

– Tu dis vrai : je ne suis pas chevalier. Mais, si tu consens à m'adouber, ce sera un honneur de recevoir cette distinction de ta main.

Un instant stupéfait, Urien saisit l'épée et la brandit. Les guerriers, amis ou ennemis d'Arthur, qui avaient cessé le combat pour assister au duel des deux rois, retinrent leur souffle. D'un seul coup, Urien pouvait décapiter son rival. L'arme tremblait dans sa main. Arthur levait les yeux sur lui sans la moindre crainte.

Au bout d'un long moment, l'épée s'abaissa. Urien toucha de la lame les deux épaules d'Arthur en disant :

– Au nom de Dieu, Arthur Pendragon, je te fais chevalier. Que tes pensées et tes actes soient toujours conformes à l'honneur.

Après avoir baisé la garde d'Excalibur, le Gallois rendit l'épée à Arthur. Il l'aida à se relever et s'agenouilla à son tour.

– Mon roi, recevez ici le témoignage de mon amitié et de ma fidélité.

Les témoins de cette scène émouvante éclatèrent en hourras. Imitant Urien, Loth et Angus vinrent faire leur soumission et reconnaître Arthur comme leur suzerain.

Devant cette réconciliation providentielle, les défenseurs de Tintagel ouvrirent leurs portes. Marc, à la tête de ses chevaliers, vint se mêler aux guerriers qui fraternisaient.

Au premier rang, Merlin souriait au spectacle de cette tempête joyeuse.

Arthur lui glissa :

– Merci pour le dragon, messire.

Le magicien prit l'air étonné alors que ses yeux riaient.

– Un dragon ? Où ça ?

Chapitre 16

LA TABLE RONDE

Le retentissement des victoires d'Arthur avait forgé la réputation du fils d'Uther Pendragon, le roi invincible, filleul de l'Enchanteur Merlin.

Durant les mois qui suivirent les triomphes de Carduel et de Tintagel, et la prise de Barton Rock, dernier réduit saxon sur la terre de Grande-Bretagne, une foule de jeunes guerriers, attirés par sa légende comme des aiglons par le soleil, arrivèrent à Camaalot. Ce château merveilleux avait été choisi sur les conseils de Merlin pour réunir la cour d'Arthur.

Parmi les nouveaux venus figuraient plusieurs princes de sang royal : Tristan, neveu de Marc de Cornouailles, Galessin, fils du souverain de Garlot, Gauvain et ses trois frères, fils de Loth d'Orcanie, Yvain, descendant d'une très ancienne famille de Bretagne, Lancelot, fils du roi Ban de Bénoïc, et Mordred, enfant unique de Morgane, la demi-sœur d'Arthur.

Le roi accueillit ces princes avec honneur. Malgré leur jeunesse, les nouveaux venus étaient précédés d'une réputation flatteuse. Tristan, vainqueur du géant Morholt, passait pour le seigneur le plus chevaleresque du royaume. Lancelot était invincible. Gauvain, beau, vigoureux, passionné, brave jusqu'à la folie, était le favori d'Arthur. Mordred, violent, perfide, était capable de vaincre les guerriers plus expérimentés grâce à ses pouvoirs magiques. Merlin conseillait à Arthur de se méfier de lui. « Un beau serpent. Apprivoise-le, mais gare aux morsures et au venin ! »

Cette jeunesse belliqueuse était prête à relever tous les défis. Cependant, le royaume vivait en paix, et les tournois étaient incapables de satisfaire la fougue de ces preux.

En voyant certains d'entre eux partir pour mettre leur épée au service de suzerains plus ambitieux, Arthur confia à Merlin ses regrets teintés d'amertume.

– Je les ai pourtant comblés d'honneurs et de richesses !

– Ces hommes sont des guerriers, pas des courtisans, répondit le magicien. Ils rêvent d'aventures, de défis impossibles, d'exploits. Sans possibilité de les accomplir, ils s'ennuient. Des fauves en cage ! Il leur faut un but, un idéal, pas un banal duel, ni une histoire d'amour, bien que les jeunes filles de ta cour soient fort belles.

– Que dois-je faire, dis-moi ? le pressa Arthur.

– Nous devons leur proposer une mission périlleuse, dictée par l'amour de Dieu.

– Une croisade ? suggéra le roi.

L'Enchanteur fit voler ses manches.

– Une croisade est une guerre comme une autre, souvent détournée de son idéal par l'ambition et la rapacité des hommes. La qualifier de sainte ne la rend pas plus honorable. Non, je songe à un autre idéal, plus élevé…

Il demeura un long moment silencieux, les yeux clos, avant de poursuivre :

– Nous allons construire une table ronde, et un édifice circulaire, un temple, pour l'abriter. En ce lieu se réuniront les cinquante meilleurs chevaliers de la chrétienté – quarante-neuf, pour être précis, je t'expliquerai pourquoi. Des hommes au caractère hardi et à l'âme vertueuse. Toi, Arthur, tu feras partie de cette élite, mais sans préséance. Cette noble assemblée se réunira trois fois par an.

– Que feront ces héros, à part se réunir ? demanda Arthur.

Merlin leva la main pour l'inciter à la patience.

– J'y arrive… Il existe une coupe d'or, un Graal, dans lequel Joseph d'Arimathie recueillit jadis le sang du Christ. Les chevaliers de la Table Ronde, c'est ainsi que nous les nommerons, devront se mettre en quête de cet objet sacré.

– Il y a cinq cents ans de cela ! s'exclama Arthur.

– Le temps ne compte pas, répliqua Merlin. Le Graal se trouve ici, en Grande-Bretagne, dans un lieu mystérieux qu'il s'agit de découvrir. Seul un chevalier au cœur pur pourra triompher des épreuves et le conquérir. En ramenant le Graal à Camaalot, il assurera le bonheur de ton royaume.

– N'est-il pas heureux, ce royaume, depuis qu'on a instauré la paix ? objecta Arthur.

Merlin dévisagea son filleul avec tristesse.

– C'est le calme avant la tempête. Des jours sombres s'annoncent.

– Pourquoi ne pas m'aider à dissiper ces nuées ?

– Je peux prévoir l'avenir, non modifier ta destinée.

« Ni la mienne », ajouta-t-il intérieurement.

Le pouvoir du magicien avait d'autres vertus : deux jours plus tard, le temple des chevaliers du roi Arthur s'élevait à côté du palais royal. C'était le temps qu'il avait mis, jadis, à construire le tombeau d'Uther, commandé par le père d'Arthur.

La coupole de l'édifice laissait passer les rayons du soleil pour éclairer la Table Ronde, créant une lumière surnaturelle qui exacerbait le mystère du lieu. La table était d'une seule pièce de bois précieux. Cinquante chaises de même essence étaient disposées tout autour. Celle du roi se distinguait des autres, pour marquer sa dignité, mais non sa primauté.

Arthur avait longuement médité avant d'élire les chevaliers de son ordre. Le choix était d'autant plus difficile qu'attirés par la légende arthurienne, les fastes de Camaalot et la magie de Merlin, les candidats avaient afflué de la terre entière. Or, si certains s'imposaient, comme Gauvain, Lancelot, Hector, Lanval et les deux Tristan, d'autres suscitaient plus de réserves, tels que Mordred qui, en dépit de ses exploits, était foncièrement malfaisant. Cependant, les exclure risquait de mécontenter les rois dont les fils ne méritaient pas d'appartenir à cette élite.

Le dilemme d'Arthur se résolut le jour où il entra pour la première fois dans le temple. Les noms des élus étaient inscrits sur les sièges en lettres d'or. Tous ceux qu'il avait pressentis sans réserve étaient là, plus d'autres, inconnus mais de belle noblesse, comme Perceval et Galaad, deux très jeunes chevaliers.

Ils entrèrent, intimidés, puis émerveillés par la splendeur du lieu. La lumière, les parfums, la musique irréelle qui le baignaient leur donnaient des forces inimaginables.

Lorsqu'ils furent assis à leur place, Merlin leur répéta ce qu'il avait annoncé à Arthur.

– Où trouverons-nous le Graal ? demanda Gauvain.

– À vous de le découvrir, répondit l'Enchanteur. Vous partirez seuls ou par petits groupes, comme il vous plaira. Sachez que la quête sera périlleuse. Certains ne reviendront pas.

– Pourquoi ne pas les accompagner ? suggéra Arthur.

Le magicien sourit avec mélancolie.

– Je suis trop vieux, trop imprégné de magie. Seul un innocent réussira à voir le palais céleste gardien du Graal, et à franchir ses portes.

Ils échangèrent des regards curieux pour distinguer le chevalier digne d'être l'élu. Sondant leurs esprits, Merlin ne découvrit aucune jalousie. Chacun était prêt à se dévouer pour aider les autres. La Table Ronde les rendait meilleurs.

Sérénité provisoire. Yvain s'exclama soudain :

– Il manque un chevalier !

Chapitre 17

LE SIÈGE MAUDIT

Arthur lança un regard sévère à celui qui venait de rompre le recueillement de l'assemblée.

– Que dis-tu ?

Yvain désigna la cathèdre voisine de la sienne.

– Elle est inoccupée, voyez.

– Et nous sommes quarante-neuf. Ne devions-nous pas être cinquante ? ajouta Gauvain.

Merlin étendit les bras pour rétablir le calme, car ils parlaient tous à la fois.

– Il ne s'agit pas d'un oubli, le nombre de quarante-neuf est volontaire. Ce siège est maudit. Il devra toujours rester inoccupé. Malheur à celui qui s'assiérait à cette place !

Les chevaliers de la Table Ronde considérèrent le magicien d'un air sceptique. N'était-ce pas une de ses plaisanteries ? Car il prenait souvent plaisir à les mystifier. Cependant, son visage était grave ; on y lisait même de l'inquiétude. Ils frissonnèrent rétrospectivement à la pensée qu'ils auraient pu se tromper de place et occuper le siège maudit.

– Pourquoi une telle malédiction ? demanda le roi, intrigué.

– Rappelez-vous la Cène, répondit l'Enchanteur. Judas embrassa Jésus après l'avoir trahi, puis il partit. Les apôtres ne furent plus que onze, et non douze comme d'habitude. Le siège vide est celui du traître.

Il posa la main sur la cathèdre sans nom.

– Cette place est la sienne.

– Ne rompt-elle pas la belle harmonie de la Table Ronde ? protesta le roi.

– Au contraire, répliqua le magicien. Elle est là pour rappeler à chacun que la vertu côtoie sans cesse le crime, et qu'il faut être vigilant pour demeurer fidèle à son idéal.

En prononçant ces paroles, Merlin posa les yeux sur Lancelot, qui pâlit. Le chevalier le plus courageux, l'invincible, avait une faiblesse, et cette faiblesse, le magicien la connaissait : épris de la reine Guenièvre, l'épouse d'Arthur, il lui avait déclaré son amour au mépris du serment de fidélité qui le liait à son roi. Et Guenièvre, fascinée par la beauté du jeune chevalier, ne l'avait pas repoussé. Nul ne connaissait leur secret, hormis le magicien, qui lisait dans les cœurs.

– Pourquoi ne pas supprimer le siège ? suggéra Tristan de Cornouailles.

Le magicien allait répondre quand il fut interrompu par un fracas. La porte du temple s'ouvrit et un homme fit irruption dans l'assemblée, malgré les gardes royaux qui tentaient de le retenir.

Arthur se leva, indigné de cette conduite. Il avait reconnu Harold, un jeune prince de la famille royale du Danemark. Arrivé à Camaalot quelques semaines auparavant, celui-ci s'était illustré au cours de plusieurs tournois. Tout en admirant sa vaillance, on méprisait son arrogance et sa violence à l'égard des faibles, qu'il prenait plaisir à humilier. C'est pourquoi le roi avait renoncé à l'admettre parmi les chevaliers de la Table Ronde.

– Sire, dit Harold en marchant vers le roi. Il y a ici cinquante sièges et quarante-neuf élus. Cette place est la mienne !

– Messire, répondit Arthur, qui avait du mal à contenir sa colère, votre arrogance a peut-être sa place sur un champ de bataille, mais elle est malvenue au sein de cette noble assistance.

– Sans doute ignorez-vous qu'on n'entre pas ici armé ? ajouta Merlin.

– Pour vous satisfaire, monseigneur ! ricana le Danois.

Il détacha sa ceinture et jeta violemment son épée contre la porte refermée. C'était un magnifique chevalier, mais, quand on connaissait son âme, sa beauté même inspirait la répulsion.

– Pour avoir forcé cette porte malgré mes ordres, vous mériteriez d'être châtié, dit Arthur d'un ton sévère.

Harold éclata d'un rire méprisant.

– Depuis quand punit-on le courage ? Cette confrérie, dont on loue les mérites, serait-elle une communauté de chanoines trop douillette pour le froid et timorée pour le fer ?

Insultés, plusieurs chevaliers se dressèrent. Merlin les devança.

– Messire, vous confondez, je crois, courage et imprudence.

– Au diable la prudence ! s'écria Harold.

– Au diable ? Vous ne croyez pas si bien dire. Mais que cherchez-vous, au juste, hormis semer le désordre et faire un bruit qui nous importune ?

Harold posa la main sur le dossier de la cathèdre inoccupée.

– Inscrire mon nom sur ce siège.

– Cette chaise n'aura jamais de nom.

– Sauf le mien.

En disant cela l'arrogant tira le siège à lui. Le magicien leva une main impérieuse.

– Ne vous asseyez pas !

– Je n'ai pas d'ordre à recevoir de toi, charlatan.

– Ce n'est pas un ordre, messire, mais un conseil, dit Merlin avec une douceur menaçante.

Sourd à l'avertissement, le Danois se laissa tomber sur la cathèdre. Les témoins de la scène retinrent leur souffle, partagés entre la curiosité et l'appréhension. D'abord, tout parut normal. Harold souriait, satisfait de sa victoire. Certains pensèrent que les menaces du magicien n'étaient qu'un leurre destiné à éprouver la hardiesse du cinquantième chevalier de la Table Ronde. Puis le sourire du téméraire se figea pour laisser place à l'étonnement et à la peur. Le Danois semblait la proie d'une vision infernale. Peu à peu son apparence se modifia. Il devint flou. Une brume l'enveloppa. Son visage s'effaça, son corps suivit. Tout disparut ainsi. Quand ce phénomène de dissolution s'acheva, le siège était vide. Nul ne revit jamais le prince. Et quand on chercha son épée, on s'aperçut qu'elle avait disparu, elle aussi.

Frappés de stupeur, les chevaliers reprirent leur place en silence. Quelques instants plus tard, la voix de Merlin les tira d'un songe où l'horreur se mêlait à l'extase.

– Vous êtes l'honneur de la chrétienté. Ce privilège vous engage, ne l'oubliez jamais.

Chapitre 18

LA FÉE

Merlin vivait à Camaalot depuis plus d'un mois alors qu'il aurait dû gagner le sud. Une force inexplicable le retenait à la cour d'Arthur, et cet enchantement le tourmentait.

Huit chevaliers de la Table Ronde avaient pris la route en quête du Graal. D'autres s'apprêtaient à partir à leur tour. Camaalot vivait dans l'insouciance. La vie était douce, le royaume, paisible, les récoltes, généreuses. Les filles étaient belles. Des couples se formaient : Yvain et Laudine, Gauvain et Blanche, Tristan de Salisbury et sa cousine Elaine dont il était tombé amoureux, comme l'avait prédit l'Enchanteur.

Les jeunes filles appartenaient toutes à l'entourage de la reine Guenièvre, qui les choisissait selon leur intelligence, leur bonté, leur esprit et leur beauté. L'épouse d'Arthur était très jeune, comme la plupart de ses compagnes. Elles passaient leur temps à rire, chanter, danser, et inventer toutes sortes de jeux dans les jardins du château.

Oui, la vie était douce. Le magicien observait les jeunes gens avec tendresse. Il se disait qu'il restait à Camaalot pour veiller sur eux. Or, c'était un prétexte car Arthur et ses gens les protégeaient sans lui.

Ces amants n'avaient plus besoin de lui. S'il restait, en réalité, c'était pour retrouver à leur contact sa jeunesse perdue. Il avait vécu si longtemps ! Et il vivrait encore beaucoup plus longtemps que ces êtres charmants à peine sortis de l'enfance.

Il songea avec mélancolie qu'il avait accompli de grands prodiges, mais qu'il n'avait pas connu l'amour.

Il le savait : s'il était tombé amoureux, il aurait perdu ses pouvoirs magiques. Pourtant, il était tentant de voir ces amants enlacés, envoûtés, perdus l'un dans l'autre.

Connaître ce bonheur, cet abandon, une fois, une seule fois dans son existence !

Il se mit à rire. D'où lui venaient ces pensées soudaines alors qu'il n'avait eu aucune peine à se garder des femmes, sans ressembler pourtant à un ermite, car il était courtois et amusant ? Il savait charmer les filles sans succomber à leur charme.

Il partirait le jour même, c'était décidé. Il avait assez traîné ! Il devait soigner les bêtes qu'il avait délivrées des pièges et détournées des chasseurs, dans sa forêt de Brocéliande au cœur de la petite Bretagne. Ses biches, ses aiglons, ses colombes, ses petits ours avaient dû bien grandir en son absence.

Merlin saisissait son bâton quand il l'aperçut. C'était la plus jolie créature qu'il eût jamais vue. Quinze ans. De longs cheveux d'or, le teint blanc, une taille si mince qu'il aurait pu en faire le tour d'une seule main, de grands yeux bleus comme un ciel pur après l'orage, des traits délicats. Elle portait une robe blanche. Ni fard, ni ruban, ni bijou. Elle n'avait besoin d'aucun artifice pour enchanter.

Elle riait en jouant aux quilles avec les compagnes de la reine, au bord de l'eau. Ce rire, il n'avait jamais entendu de musique aussi merveilleuse. Et sa manière de se déhancher après avoir lancé sa boule et dans l'attente du résultat, l'amusa et le troubla. Il émanait d'elle un charme puissant, et, en cherchant la source de cet attrait, il se dit : « Elle est vivante ! » C'était cela : elle paraissait plus vivante que ses amies, pourtant fraîches et ravissantes, à commencer par la reine. « Une fée », songea-t-il.

Afin de l'admirer à son aise, il devint invisible. Ainsi, il aurait pu l'effleurer. Il s'en garda bien pour ne pas se trahir. Il notait chacun de ses gestes, respirait son odeur, un parfum de fleurs, rose blanche et verveine, regardait danser ses boucles blondes. Il s'insinua dans son esprit, apprit sans interroger quiconque qu'elle se nommait Viviane et qu'elle était fille d'un petit seigneur breton, Robin de Guérec. Elle venait d'arriver à la cour d'Arthur et avait déjà séduit tous ceux qu'elle approchait. Viviane, il aimait ce nom léger comme un oiseau.

Il n'était pas seul à l'admirer. Deux écuyers se mêlaient au jeu des dames. Le plus jeune, Will, était beau et courtois, et Viviane n'était pas insensible à sa gentillesse. Pour l'éloigner, l'Enchanteur fit en sorte que Gauvain, dont il était l'écuyer, l'appelât. Will partit. Aussitôt, Merlin prit l'apparence d'un chevalier imaginaire qui hantait les rêves de Viviane. Elle le nommait Ancy et lui avait inventé toutes sortes d'exploits.

En l'apercevant, elle fut éblouie. Il existait donc ! Il avait son âge, était blond comme elle, assez fort pour terrasser tous ses rivaux alors qu'il faisait preuve, avec elle, d'une douceur extrême. C'était bien l'homme de son rêve !

– Messire ! cria Guenièvre. Savez-vous jouer aux quilles ? L'un de nos champions a pris la fuite. Il nous manque donc un combattant.

– Je crois savoir, répondit Merlin avec modestie.

– Fort bien, se réjouit la reine. Je vous engage. Nous avons deux armées de quatre soldats. Les dix quilles correspondent à des forteresses...

Elle énuméra les noms des châteaux orgueilleux, qui se distinguaient par leurs couleurs, et ajouta :

– Le jeu consiste à les abattre. Ceux qui manquent leur cible sont prisonniers et exclus du concours. Est-ce la règle dans votre pays ? À ce propos, d'où venez-vous, messire chevalier ?

Merlin faillit répondre « Ancy ». Il y renonça pour éviter de se trahir.

– Je viens de Bretagne, madame, et me nomme Raymond de Brocéliande.

Il vit briller le regard de Viviane, car le château de son père s'élevait à l'orée de la belle forêt de son enfance.

– Vous serez dans la troupe d'Isabeau, décida la reine.

La jeune fille ainsi nommée s'inclina gracieusement devant sa recrue. Merlin l'avait déjà aperçue à la cour. Il nota le dépit de Viviane, qui aurait bien voulu jouer dans le même camp que lui. Ils allaient donc lutter l'un contre l'autre, elle dans l'armée de la reine, lui dans celle d'Isabeau.

Aussitôt, le magicien dirigea le jeu à son gré et fit en sorte que la valeur des deux équipes fût égale. Tous rivalisaient d'adresse et poussaient des cris de joie lorsqu'ils abattaient leur quille. La reine battait des mains comme une enfant. Elle fut l'une des dernières à rester en lice. Quand elle devint prisonnière, après avoir manqué sa cible, elle ne put cacher son dépit tant elle était passionnée.

Il ne resta plus face à face que Viviane et Merlin, et deux quilles, les plus éloignées.

– Allez, ma douce, dit la reine. Notre honneur est entre vos jolies mains. Faites mordre la poussière à ce chevalier breton qui a fait trois cents lieues pour nous humilier.

Ces paroles démontraient que Viviane avait fait la conquête de la reine alors qu'elle venait tout juste d'arriver à Camaalot.

– Renoncez au duel, je me tiendrai pour vaincu, proposa Merlin avec une courtoisie qui ne masquait pas son défi.

Deux fossettes creusèrent les joues de Viviane.

– Vous avez peur, messire de Brocéliande !

– Peur de quoi, s'il vous plaît ?

– De manquer nos cibles. Elles sont hors de votre portée.

– Bien parlé, ma mie ! s'exclama la reine.

– Eh bien, montrez-moi votre adresse, soupira Merlin qui affectait d'être vexé alors qu'il s'amusait follement.

Viviane ramassa la boule rouge, qui semblait trop lourde pour ses petites mains. Elle examina le champ de bataille : les quilles étaient réellement trop loin, et le pré capricieux, parsemé de creux et de bosses, rendait l'exploit impossible. Malgré tout, la jeune fille prit bravement son élan et lança la boule de toutes ses forces. Aussitôt, Merlin la guida à travers tous les obstacles. Au terme de sa course, la boule atteignit sa quille, rebondit sur la seconde, et abattit d'un seul coup les deux dernières forteresses.

Les joueurs, auxquels s'étaient joints une vingtaine de curieux, applaudirent la prouesse, tandis que la championne esquissait un pas de danse et gratifiait Merlin d'une révérence ironique.

– Je m'avoue vaincu, reconnut Raymond de Brocéliande. Un tel exploit, peu de gens en auraient été capables. J'espère que vous m'apprendrez les secrets de ce jeu diabolique.

– Que m'enseignerez-vous en échange ? répliqua Viviane, espiègle. Le maniement de l'épée, la traque des sangliers, la pratique de la quintaine ?

– Rien d'aussi brutal, assura Merlin en riant. Mais plutôt les noms des fleurs.

La jeune fille secoua ses boucles blondes.

– Je les connais déjà, et mieux que vous, je parie, car je vis près d'une forêt où poussent toutes les fleurs du monde.

Merlin désigna une fleur qu'il venait d'inventer et de faire surgir du sol.

– Même celle-ci ?

Viviane se pencha avec curiosité sur la fleur inconnue.

– Quelle corolle étrange, murmura-t-elle, et ces

couleurs… On dirait un papillon. Je n'en avais jamais vu de semblable.

– C'est une *céleste*, expliqua Merlin. Ne dirait-on pas qu'elle va s'envoler ? Et cet arbre bleu, là-bas. Connaissez-vous son nom ?

– Je ne l'avais pas remarqué ! s'exclama la jeune fille. Pourtant je viens me promener chaque matin le long de la rivière.

Tout en parlant, ils s'étaient éloignés des autres, qui ne faisaient plus attention à eux, car Merlin les incitait à disputer une nouvelle partie passionnée.

Il se disait qu'il aurait pu vivre sa vie entière auprès de sa merveilleuse compagne quand elle se tourna vers lui, et s'écria :

– Je sais qui vous êtes !

Chapitre 19

L'ENVOL

Merlin fit l'étonné.

– Je suis Raymond de Brocéliande, je vous l'ai dit.

Viviane fronça ses blonds sourcils.

– Non, vous êtes Merlin, n'est-ce pas ?

– C'est vrai, avoua-t-il. Comment m'avez-vous démasqué ?

Elle se mordit la lèvre.

– Seul un enchanteur peut faire pousser des fleurs et des arbres qui n'existent pas.

– C'était pour vous plaire.

Comme il lisait le regret dans ses jolis yeux, il ajouta :

– Cela ne change rien, j'espère ?

– Cela change tout, au contraire.

– Pourquoi ? Ne sommes-nous pas heureux ensemble ?

– Comment savoir ? Vous prenez l'apparence que vous voulez et dites les mots que je veux entendre.

– Une façon d'aimer.

– De mentir ! Vous me plaisiez, messire, j'en conviens. Mais à présent, j'ai peur de vous.

– Il n'y a aucune raison, je vous l'assure. C'est moi qui devrais avoir peur.

– Pourquoi donc ?

– Parce que je vous aime.

Il évita de préciser que son amour risquait d'anéantir ses pouvoirs. Elle eut une moue charmante.

– Cet amour est bien soudain.

– Il est pourtant réel… et douloureux.

– Beau discours, trop beau pour être honnête ! Avec

vous, les choses ne sont jamais ce qu'elles devraient être. Et moi, j'aime la vie, non l'illusion de la vie !

– Cette fleur et cet arbre sont bien réels, pourtant. Vous pouvez les toucher, respirer leur parfum.

Tout en essayant de la convaincre, il songeait qu'il aurait mieux valu, pour elle et pour lui, se séparer, ne jamais se revoir. Mieux : ne s'être jamais rencontrés. Mais il était incapable de rompre. Il lut dans son esprit qu'elle allait rejoindre la reine. Il suffisait de la laisser s'éloigner. Malgré lui, pour la retenir ou, au moins, être certain de la revoir, il proposa :

– Si je vous apprenais à faire pousser les fleurs ?

Elle eut un geste de refus. Ses fleurs à elle étaient moins rares, mais plus belles.

– À parler aux oiseaux ? À guérir ceux que vous aimez ?

– La magie..., murmura-t-elle.

Il sentit que sa curiosité était plus forte que sa crainte. En même temps, il décela chez elle un charme puissant dont il aurait dû se méfier. Mais il était trop tard.

– Demain, pria-t-il. Venez demain, ici, au bord de l'eau, à l'heure où les oiseaux s'éveillent.

– Ceux que vous faites naître ? ironisa-t-elle.

– Je ne crée rien.

– Et moi, je ne promets rien.

Elle regarda en frissonnant le beau visage dont elle avait rêvé si souvent en se répétant qu'il n'existait pas vraiment. Merlin s'était introduit par effraction dans ses pensées les plus secrètes. Et Ancy n'était qu'une de ses nombreuses métamorphoses. Merlin se défendit d'utiliser sa magie pour la retenir malgré elle. Alors, elle se détourna et pressa le pas pour se réfugier parmi ses compagnes.

La nuit suivante, le magicien repoussa le sommeil et quitta Camaalot avec l'intention de ne jamais revenir. Sur la lande de Tywyn, il s'agenouilla et prononça la longue incantation de l'oubli afin de se délivrer d'elle.

Il crut avoir réussi. Cependant, le lendemain, à l'aube, il se surprit à arpenter le bord de la rivière en espérant qu'elle ne viendrait pas au rendez-vous, « à l'heure où les oiseaux s'éveillent ».

Il s'assit sur la berge et regarda la ville s'animer, puis le château du roi retentit du piétinement de ses cavaliers. Les cloches des deux monastères sonnèrent, suivies du bronze de la cathédrale qui appelait les fidèles à la première messe.

« Viviane » : il l'appelait machinalement comme il faisait avec les bêtes de la forêt, qui lui obéissaient. Pas elle, non.

Il était temps de partir. Il se leva, s'engagea sur le vieux pont romain qui franchissait la rivière. Au même instant, il l'aperçut au milieu du pré. Il était encore Raymond de Brocéliande, preuve qu'il n'avait pas renoncé à la séduire, et que son incantation nocturne avait échoué.

Quand elle le vit rebrousser chemin pour la rejoindre, elle agita la main. Au bord de l'eau, elle s'appuya à son bras en riant.

– Eh bien, messire, où sont vos fleurs et vos oiseaux ?

– Ce seront les vôtres, à condition de le vouloir très fort.

Il lui enseigna les formules à réciter et les gestes à accomplir, en ajoutant :

– Fermez les yeux, concentrez votre esprit, armez votre volonté. Maintenant tendez la main, la droite. C'est bien.

Un frémissement sur ses doigts. Elle ouvrit les yeux et vit un minuscule oiseau bleu accroché à son index.

– C'est lui ! chuchota-t-elle. Comment avez-vous su ?

– Je ne savais pas. Le pouvoir vient de vous, non de moi, et il est stupéfiant. Il est rare de réussir du premier coup. La magie exige un long apprentissage.

Il constata qu'elle était au bord des larmes. Si belle et émouvante qu'il dut retenir les siennes.

– Que va-t-il devenir ? balbutia-t-elle.

Il se demanda si elle faisait allusion à l'oiseau ou à leur amour. Pour la première fois il sentit qu'elle pouvait l'aimer. Cependant, il avait beau faire appel à ses dons prophétiques, il ignorait ce qui allait se passer. Et il tremblait à la pensée de perdre ses pouvoirs.

Il lui apprit la formule à prononcer pour effacer la vision de l'oiseau bleu. Elle réussit sans peine et l'oiseau disparut.

– Maintenant, enseignez-moi les fleurs, exigea-t-elle.

– C'est trop tôt, répondit-il. Vos pouvoirs sont grands et dangereux. Leur usage fait appel à votre énergie. N'êtes-vous pas fatiguée ?

– Je me sens un peu lasse, reconnut-elle.

Il l’aida à s’asseoir sur le tronc d’un arbre abattu, et lui sourit.

– L’exercice de la magie demande beaucoup d’efforts et de patience. Vous devez être prudente, car il peut vous détruire. Demain, je continuerai mes leçons, et tous les jours suivants, aussi longtemps qu’il vous plaira.

Elle pouffa :

– Vous me faites penser au frère Étienne, le vieux moine qui m’a enseigné le latin et le grec. Sauf qu’il était tout ridé et avait les cheveux blancs. Mais peut-être que vous lui ressemblez, malgré ce corps magnifique volé à mes rêves.

– Je suis tel que tu me vois, Viviane.

– Les fleurs, messire !

Amusé d’être rappelé à l’ordre d’un ton aussi péremptoire, il lui indiqua les formules magiques propres à faire naître les fleurs. Elle se montra si douée qu’en moins d’une heure, par la seule force de sa pensée, elle créa un parterre magnifique. Pour éviter les indiscrets, ils passèrent le pont et s’enfoncèrent dans la forêt voisine. Là, ses fleurs grimpantes enveloppèrent les arbres en dégageant un parfum envoûtant.

– Assez, maintenant, ordonna-t-il.

Au lieu de lui obéir, elle se moqua de ses inquiétudes et continua à jouer avec ses fleurs, les yeux clos, perdue dans ses paradis tandis que Merlin admirait la merveilleuse beauté de la fée à laquelle il avait révélé ses pouvoirs.

– Demain, je t'apprendrai d'autres tours, promit-il. La magie est aussi inépuisable que l'amour.

– Parce que l'amour est inépuisable ? railla-t-elle.

– Je parlais du mien.

Le visage de Viviane se crispa sans perdre sa joliesse. Elle le quitta aussitôt après un long regard qu'il ne sut interpréter.

Le lendemain, il l'attendit dès l'aube. Comme elle ne venait pas, il crut qu'elle le faisait languir volontairement pour accroître son pouvoir sur lui. Il fit taire son impatience jusqu'à midi. Comme elle n'était toujours pas là, il interrogea Isabeau. La fille d'honneur le dévisagea d'un air moqueur.

– Vous voici floué, messire chevalier. Celle que vous courtisez est partie.

– Partie ? s'exclama Merlin.

– Hier soir. Son père l'a rappelée auprès de lui. Nous étions tristes de la voir s'en aller. Vous aussi, semble-t-il.

Impossible de cacher son désarroi. Il avait beau être le plus puissant des magiciens, il n'avait rien deviné. Viviane s'était envolée comme un oiseau épris de liberté. Il n'avait pas pu la retenir. Il avait exterminé des armées, transformé le ciel en océan de flammes, apprivoisé des dragons, transporté une montagne entière en une nuit pour édifier un tombeau grandiose, et là, devant une fille, presque une enfant, il tremblait de peur comme un jouvenceau ! Cependant, il savait comment la retrouver. Sa magie n'avait pas admis sa défaite. Pas encore.

Chapitre 20

PHILTRES ET POISONS

Viviane s'agenouilla au bord du lit imprégné d'odeurs de sueur et de drogues. Le visage de son père était rouge, sa peau, marbrée, ses joues, creuses, son corps amaigri, consumé par la fièvre. Le robuste baron de Guérec n'était plus que l'ombre de lui-même.

– Depuis quand est-il dans cet état ? demanda-t-elle en résistant à son envie de pleurer par égard pour son père, qui détestait les larmes – « sauf par temps de pluie », plaisantait-il.

– Deux semaines, murmura Corbin, le vieil intendant, d'un air coupable.

Elle laissa échapper un geste d'exaspération.

– Pourquoi ne pas m'avoir prévenue ?

– C'étaient les ordres de monsieur le baron.

Elle conclut avec effroi : « Il l'a permis aujourd'hui parce qu'il sait qu'il va mourir. »

Au même instant, Robin de Guérec ouvrit les yeux.

– Tu es là, c'est bien.

Sa voix était enrouée. Maladie ou émotion.

– Je ne vous quitterai pas, père.

– C'est moi…

Il n'acheva pas. Viviane le fit pour lui : « C'est moi qui vais t'abandonner. » Cette fois, elle laissa échapper un sanglot. Pour dissimuler un chagrin qui risquait d'affecter l'agonisant, elle se pencha sur le tabouret où étaient disposés un missel et deux gobelets d'étain.

– Vos médecines ? demanda-t-elle.

– Je n'ai besoin de rien, murmura-t-il avec lassitude. La vie m'a comblé. Mes compagnons d'armes ont eu moins de chance que moi.

– Ils ont tous connu une mort héroïque.
– Je n'ai pas connu cette destinée-là. Qu'importe : la gloire n'est rien. Ils n'ont pas eu de fille, eux.
Viviane saisit sa main brûlante et la porta à ses lèvres. Sa mère était morte quand elle était tout enfant. Son père était sa seule famille, et elle allait le perdre à son tour.
– Que fait Simoneau ?
Simoneau était le médecin du bourg. En entendant ce nom détesté, le baron réagit :
– Charlatan ! Il a voulu me saigner. Je n'étais pas assez gaillard pour lui infliger le même traitement, mais si le vautour ose revenir…
Son rire s'acheva dans une toux rauque. Il reprit son souffle avec peine et s'affaissa, épuisé.
– Restez tranquille, père, supplia-t-elle.
Au même instant, Corbin revint et lui chuchota à l'oreille :
– Un homme est là qui demande à vous parler, mademoiselle.
– Me parler ? Qui est-ce ?
– Une sorte de vieillard, je ne l'ai jamais vu.
– Un mendiant, donne-lui quelques sols.
– Il se prétend médecin.
– Alors, chasse-le !
Au même instant, l'homme parut au seuil de la chambre, une sorte de moine en robe brune, suivi des serviteurs du château, Georges et Geoffroy, deux frères, anciens soldats, recrutés par le baron. Ils étaient à la fois gardes, palefreniers, chasseurs, bûcherons, charpentiers et forgerons.

– Que fait ici cet homme que je n'ai pas invité ? s'emporta Viviane.

Les deux molosses, étrangement apathiques, laissèrent le moine pénétrer dans la pièce. Il s'approcha du lit, tâta le poignet, puis le front du malade, et marmonna des mots incompréhensibles aux allures de prières.

– Qui êtes-vous ? s'impatienta Viviane.

Le vieil homme sembla remarquer sa présence. Comme il lui souriait, elle nota un visage basané, de grosses mains rugueuses, de lourdes épaules. Un paysan ! Il déposa une fiole sur le tabouret, entre les deux gobelets, en précisant :

– Dix gouttes.

– Remporte ton poison ! ordonna Viviane.

Il soupira.

– C'est la fièvre des marais, il en mourra.

– Que t'importe ?

– Je connais les plantes et elles me connaissent, assura-t-il avec douceur.

Au même instant, Georges et Geoffroy, revenus à eux, l'empoignèrent. D'un regard l'étrange médecin les dompta, comme on en impose aux chiens féroces, puis il partit de lui-même avec dignité. Avant de quitter la chambre, il rappela :

– Dix gouttes, pas davantage !

« Étrange personnage ! » songea Viviane avec une antipathie involontaire. C'était aussi l'opinion de Corbin, qui ordonna à Georges et Geoffroy de fermer toutes les portes du château après son départ pour conjurer le mauvais sort.

Viviane ne tarda pas à oublier la visite importune. Son père brûlait de plus en plus. En proie au délire, il prononçait des paroles incohérentes, rejetait ses couvertures, réclamait à boire, puis repoussait les gobelets. Son corps, agité de convulsions, faisait trembler le lit et le plancher. Pour calmer ses souffrances, Viviane prit la fiole du moine, compta dix gouttes, força son père à boire avec l'aide de Corbin. La potion, rouge sang, tacha les lèvres de l'agonisant.

Il sembla plus calme, cependant la fièvre persistait. Viviane le veilla une partie de la nuit. Épuisée, elle s'endormit juste avant l'aube. Quand elle se réveilla, elle constata que son père dormait, lui aussi. Son corps était inerte. Son visage, d'une blancheur farineuse, pâle comme la mort. Inquiète, elle colla son oreille contre sa poitrine. Le cœur ne battait plus !

Elle appela à l'aide. Corbin accourut, puis Marianne, sa nourrice, et Georges et Geoffroy. Ils se tenaient autour du lit, chagrins, hébétés. Impuissants. Viviane se retint de les battre. Leur maître venait de mourir et ils n'avaient pas un mot, pas une larme. Puis elle songea avec désespoir qu'elle ne valait pas mieux : tandis que son père souffrait, elle menait une vie insouciante à la cour de Guenièvre. Elle jouait, dansait, flirtait avec ce beau magicien.

– Pardonnez-moi, père.

En entendant son cri, le baron ouvrit les yeux et sembla s'éveiller.

– Quoi ? Que dois-je te pardonner ?

– Père, c'est bien vous ? balbutia-t-elle.

Il s'étira en grognant.

– J'ai dormi bien longtemps, et rêvé. Il y avait ce cerf tout blanc près de l'étang. J'interdis qu'on le chasse, entendez-vous ?

Il s'interrompit devant la mine effarée de ses gens.

– Qu'avez-vous à pleurer, vous autres ?

– Nous pleurons de joie, seigneur, dit Corbin.

– Apportez-moi plutôt du vin et du faisan. J'ai une faim de loup !

Viviane prit la main de son père entre les siennes. Elle était merveilleusement fraîche et vigoureuse. Elle songea alors à la potion du moine.

– Le médecin, trouvez-le, ordonna-t-elle aux deux chasseurs.

– Un médecin ? Simoneau ? gronda le baron.

– Non, père, une sorte de religieux qui vous a guéri.

Elle désigna la fiole et sa liqueur rouge.

Georges et Geoffroy partirent aussitôt. Ils fouillèrent les environs, questionnèrent les villageois, mais nul n'avait vu le mystérieux voyageur.

– Tu as rêvé, conclut le baron.

– C'est possible, admit Viviane en caressant la médaille sainte qu'elle portait autour du cou.

Chapitre 21

LA DAME DU LAC

Selon une habitude acquise dès son enfance, Viviane se promenait autour du lac des Songes, qui prolongeait Brocéliande, à l'ouest. Ce lieu sauvage s'accordait à son besoin de liberté. Après la guérison de son père, elle avait été tentée de retourner à Camaalot. La folle gaieté de la cour, la gentillesse de ses amies et le charme d'un certain magicien lui manquaient. Cependant, une attraction inexplicable la retenait là, parmi les arbres et les bêtes de la grande forêt. Guenièvre la pressait en vain de revenir. Elle refusait, prétextant la santé de son père, alors que le baron, délivré de sa fièvre, n'avait jamais été aussi solide. Tandis qu'il chassait, de l'aube au crépuscule, elle partait de son côté, en quête de quelque chose, sans savoir ce que c'était.

Ce matin-là, l'eau du lac particulièrement limpide était une invitation. Viviane se débarrassa de sa robe et de ses chaussures, entra dans l'eau et nagea longtemps d'une rive à l'autre. Quand elle revint sur la plage de sable d'où elle était partie, elle l'aperçut. C'était bien lui, Merlin, assis sur une pierre moussue, plus beau encore que dans son souvenir, souriant aux nuages, indifférent. Exaspérant. Elle se hâta de se rhabiller et, toute mouillée, s'avança vers lui.

– Ainsi, messire, vous m'avez retrouvée !

– Entre nous, mademoiselle, je ne vous ai jamais quittée.

– Vous prétendez avoir vécu ici depuis un mois ? dit-elle, incrédule.

– Un mois entier.

Elle fit la moue.
– Vous m'avez suivie ?
– Accompagnée.
– Espionnée ?
– Admirée.
– Par amour, sans doute ?
– Pas du tout !
La réponse la prit de court.
– Et pour quoi donc ? s'exclama-t-elle avec dépit.
– Votre éducation n'était pas terminée.
– Mon éducation ? Vous osez…
– Vous êtes une très mauvaise élève, mademoiselle.
Elle ne put s'empêcher d'éclater de rire, piquée et amusée par son insolence.
– Qu'avez-vous à m'enseigner de si urgent ?
– L'art de guérir, l'avez-vous oublié ?
Elle le dévisagea avec une soudaine gravité.
– C'est vous qui avez sauvé la vie de mon père, messire, n'est-ce pas ? Ce moine, c'était vous !
Ignorant la question, il expliqua :
– Chaque plante renferme des pouvoirs, certains bienfaisants, d'autres dangereux. Leur usage approprié permet de guérir toutes les maladies ou de corriger bien des défauts. Les hommes les plus savants ne connaissent qu'une infime partie de leurs vertus. Pour les connaître, il faut être magicien. C'est cette magie-là que je veux vous apprendre.
– Que dois-je faire ? soupira-t-elle, faussement apeurée.

Avec ses cheveux bouclés, sa robe collée à son corps ravissant et sa bouche mobile, dont les coins nerveux remuaient au bord du rire, elle était si attirante qu'il se laissa emporter sans se soucier du risque qu'il allait prendre.

– Fermez les yeux, ordonna-t-il.

Elle obéit. Des gouttes perlaient encore au bout de ses cils. Les larmes du lac des Songes. Soudain, les lèvres du magicien se pressèrent avec douceur sur les siennes. La surprise lui fit écarquiller les yeux, mais elle n'essaya pas de se dérober.

Quand il se détacha d'elle, elle murmura d'une voix altérée :

– Vous trichez.

– Non, mademoiselle.

Il se pencha, cueillit un brin d'herbe et le posa dans sa main. Elle sut son nom instantanément : la potentille, une plante capable de guérir toutes les plaies. Et devant elle, le sol verdoyant de la forêt lui livra ses mystères, une richesse incalculable. Mesurant la valeur de ce qu'il venait de lui offrir, elle sourit.

– Voilà une agréable manière d'apprendre, messire.

Merlin éclata de rire. Maintenant elle n'avait plus peur de lui, et, de son côté, il ne redoutait plus la perte de ses pouvoirs.

– Je suis tout à votre service, répliqua-t-il.

Elle joignit les mains.

– Vous m'apprendrez à faire tomber la pluie et à déclencher la foudre, dites ?

Il inclina la tête.

– C'est possible, mais je dois vous prévenir : cette science exigera un nombre incalculable de baisers.

Son air résigné l'enchanta.

– On affirme que les maîtres les plus exigeants sont aussi les meilleurs.

– Et qui prétend cela, s'il vous plaît ?

– Vos lèvres, si j'ai bonne mémoire.

Il sentit que, malgré sa jeunesse, ou à cause d'elle, elle était en train de lui imposer sa domination. Cependant, il avait beaucoup de magie en réserve.

Il la prit par la main et pria :

– Venez.

Comme il la conduisait au bord du lac, elle pouffa.

– Je viens de prendre un bain, messire.

– Je sais.

Dans le lac, le sable lui parut plus fin, l'eau, plus douce, presque immatérielle. Quand son visage s'enfonça sous la surface, Viviane continua de respirer et ses yeux découvrirent un paysage merveilleux. Elle murmura :

– Qu'est-ce que c'est ?

– Un présent.

Au fond du lac s'élevait un château comme nul n'en avait jamais vu. Dix marches d'onyx donnaient accès à une forêt de colonnes légères qui se courbaient pour s'unir au sommet. Un vestibule immense aux parois de cristal était envahi d'une forêt pétrifiée, dont les feuilles brillaient comme des diamants. Il y avait une infinité de logis, des terrasses, des fontaines, des tourelles aux toits pointus, un grand cerisier en fleur.

– C'est beau ! s'écria-t-elle.

– C'est à toi, c'est ta demeure.

Un soleil invisible, venu du cœur du château, éclairait les murs transparents. Il s'éteignait dès que Viviane fermait les yeux, et c'était la nuit. Puis il se rallumait lorsqu'elle les ouvrait, et le jour resplendissait.

– Ce monde t'appartient, dit l'Enchanteur. Tu peux y entrer et en sortir à ton gré, mais nul ne peut l'apercevoir ni y pénétrer sans ton consentement. Ceux qui tenteront de le faire malgré toi se noieront dans l'eau du lac. Ceux que tu inviteras y viendront sans dommage. On t'appellera la Dame du Lac, et tu n'auras plus rien à craindre de quiconque.

– Pas même vos enchantements ? murmura-t-elle, moqueuse.

– Pas même mon amour si ardent.

Elle secoua ses boucles.

– Le vôtre, sans doute, mais le mien ? soupira-t-elle.

Quand elle tourna la tête pour vérifier l'effet de son aveu, elle constata que Merlin avait disparu, et son cœur se brisa à la pensée qu'elle ne le reverrait plus. Quoi ? Pas un baiser ? Ce merveilleux palais était peut-être un cadeau d'adieu. Si c'était le cas, elle n'en voulait plus ! À l'intensité de son regret elle comprit qu'elle l'aimait, et la magie n'y était pour rien.

Chapitre 22

JALOUSIE

Dans son décor de bois, de prairies et de rivières, l'île dormait au fond du lac des Songes. On l'appelait Meidelant, mais on la surnommait aussi l'île des femmes parce que Viviane vivait là en compagnie d'une centaine de jeunes filles, cousines, amies ou servantes. La Dame du Lac avait maintenant seize ans, et ses compagnes n'étaient pas plus vieilles. Mais, à Meidelant, l'âge n'avait guère d'importance, car le temps s'était arrêté.

Ce jour-là, Merlin, qui se hâtait vers le palais de cristal, jeta un coup d'œil aux jeunes habitantes de l'île, assises par groupes de trois ou quatre, à l'ombre des arbres. Il songea que Viviane les avait bien choisies. Elles étaient toutes jolies, aimables, légères et spirituelles. Comme il était le seul homme admis sur l'île, sa venue constituait toujours un événement.

En l'apercevant avant les autres, une fille blonde abandonna ses compagnes pour courir à sa rencontre. Il reconnut Laudine, la plus hardie.

– Messire, vous arrivez à point, s'écria-t-elle en simulant le chagrin. Il s'est produit un drame.

Le magicien, conscient du jeu de la jouvencelle, prit un air de circonstance.

– La Dame du Lac vous chasse de l'île ? Elle menace de vous changer en pie ? Non, c'est déjà fait !

– Ne vous moquez pas de moi, dit Laudine sur un ton de reproche. J'ai perdu ma barrette d'argent. Mes boucles en oublient d'être sages.

– Vous aussi, sans doute ?

– Sans doute.

L'aveu amusa le magicien.

– Je me souviens de cette barrette. Si ma mémoire est fidèle, elle n'était pas en argent, mais en or.

Il ramassa l'objet précieux dans l'herbe, où il venait de le faire apparaître.

– C'est bien elle ! s'écria la menteuse, qui n'avait jamais eu de barrette et dont le bijou, créé par Merlin, était un présent immérité.

Comme toutes les autres, elle était fascinée par le visiteur aux pouvoirs magiques, d'autant qu'il était fort beau et ressemblait au chevalier idéal. Chacune des filles le décrivait différemment car il prenait toujours l'apparence qui leur convenait. Sous leurs yeux, il était jeune ou un peu plus vieux, blond ou brun, mince ou robuste, changeant comme le ciel, mais toujours fidèle à leur rêve.

Laudine allait le remercier quand Gersynde accourut.

– Messire, voyez sur ma joue ce gros bouton qui me défigure. C'est la marque d'une fièvre maligne qui finira par m'emporter.

Merlin effleura la joue en question.

– Quel bouton ? Je n'en vois aucun.

La jeune fille courut vers la fontaine ronde qui lui servait de miroir, examina son minois et se mit à rire en constatant que le bouton avait disparu.

– Merci, messire docteur !

Une troisième fille arrivait, suivie d'une quatrième, d'autres encore. Elles portaient des robes blanches toutes semblables. Seules leurs ceintures de couleur différente les distinguaient. La troisième se nommait Isabeau. Elle raconta à Merlin qu'un démon lui rendait visite chaque nuit afin de la faire mourir de peur.

– Impossible ! affirma le magicien. Le diable et ses légions ne peuvent approcher du lac. Cette eau si pure est un poison violent pour les créatures maléfiques. Ton démon cornu n'est qu'un cauchemar sous ton joli front.

– Ma peur est bien réelle, messire. Vous devriez dormir avec moi pour la dissiper.

L'Enchanteur sourit.

– La dissiper ! Volontiers, si ta maîtresse le permet.

Il désigna la Dame du Lac qui s'impatientait du haut de sa terrasse.

– La voilà qui m'appelle. Va lui parler, va !

– Non, messire. Elle m'accusera d'inventer des cauchemars pour attirer votre attention.

– N'est-ce pas le cas ?

– Si, justement.

– Eh bien, Isabeau, je vais te confier un secret : tu n'as nullement besoin de faire appel à un démon pour être intéressante.

Sur ces mots, il poursuivit son chemin jusqu'au palais de cristal où l'attendait Viviane. Redoutant leur maîtresse, les jeunes filles se dispersèrent.

Viviane arborait un air mélancolique qui détonnait par rapport à son enjouement habituel. Merlin prit sa main et la porta à ses lèvres.

– Que se passe-t-il, mon amour ? Vous semblez souffrir.

Elle soupira.

– C'est que vous ne m'aimez pas.

Le magicien se mit à rire, croyant à un caprice.

– Ne vous ai-je pas donné assez de preuves de mon amour ?

– Vous m'avez comblée, il est vrai.

En un an, il lui avait transmis la plupart de ses pouvoirs, grâce auxquels elle était devenue une fée. Elle commandait aux fleurs et aux vents. Elle savait guérir les maux, façonner la beauté, métamorphoser les hommes en animaux et les animaux en hommes. Et, sortilège suprême : elle ne vieillissait plus. Elle n'était pas éternelle, mais sa jeunesse et sa beauté restaient immuables pour le plus grand plaisir de Merlin, qui l'aimait chaque jour davantage. Et il y avait aussi son domaine enchanté, ce merveilleux présent, le lac, le palais de cristal, à l'abri du monde. Mais tout cela ne lui suffisait pas. Viviane voulait toujours davantage.

Lisant dans son cœur, il vit ce qui la tourmentait : elle était jalouse.

Il désigna les jeunes filles qui se promenaient dans les jardins et lançaient des regards dans leur direction.

– Ces jeunes beautés, c'est vous qui les avez réunies, rappela-t-il.

– Elles sont toutes amoureuses de vous !

– Mais moi, je n'aime que vous.

– C'est votre faute, votre apparence, votre magie.

– Que dois-je faire ? Me changer en serpent ?

– Il ne s'agit pas de ça.

Elle murmura pour elle-même :

– J'ai eu tort de les accueillir chez moi. Mais non, ailleurs, vous en séduiriez d'autres !

Merlin fronça les sourcils.

– Vous avez bien changé ! Souvenez-vous : vous aviez peur de moi.

– Et j'avais bien raison ! Vous m'obsédez, me torturez avec ce maudit sortilège.

– Ce sortilège n'est pas maudit, bien au contraire. Il s'appelle l'amour, et je n'y suis pour rien. Il me tourmente, moi aussi. Pourtant, si je pouvais l'abolir, je ne le ferais pas. Il n'y a rien au monde de plus merveilleux. La seule malédiction provient de votre jalousie.

Une larme glissa sur la joue de Viviane. Merlin en fut bouleversé. Soudain, il n'avait plus devant lui la fée toute-puissante qui était son œuvre, mais la jeune fille innocente et désarmée de leur premier rendez-vous.

– Dites-moi ce que je dois faire, pria-t-il. Je vous ai tout donné, je crois, mais s'il existe encore une chose que vous désirez, formulez votre souhait.

Elle lui lança un regard profond et il sut ce qu'elle allait exiger. Il devait refuser, sinon sa magie ne lui serait plus d'aucun secours dorénavant. Cependant, son amour était plus fort que sa raison.

– Parlez, murmura-t-il avec douceur.

Chapitre 23

POUR TOUJOURS

– Enseignez-moi la façon d'emprisonner un homme sans le secours d'une tour, d'un mur ou de chaînes, par pur enchantement, de sorte qu'il soit incapable de s'échapper sans mon consentement.

Merlin dévisagea Viviane avec une tendre ironie.

– Un homme ? En somme, vous voulez faire de lui un esclave.

– Je veux faire de lui un amant fidèle.

– Et s'il l'est déjà ?

– Dans ce cas, je n'aurai pas besoin d'utiliser de formule magique.

– C'est bien, soupira-t-il. Je vais faire ce que vous me demandez. Mais ensuite je n'aurai plus rien à vous donner.

– Non, puisque j'aurai tout reçu et tout appris, dit-elle avec un rire malicieux.

Il était incapable de résister à son rire, malgré sa cruauté, ni aux baisers dont elle le couvrit. Il lui enseigna donc la formule en lui faisant répéter les mots l'un après l'autre, patiemment. Les gestes, eux, étaient simples.

– Vous êtes merveilleux ! s'écria-t-elle lorsqu'il eut fini.

« Je suis le roi des sots ! » pensa-t-il.

Dès le lendemain, elle profita de son sommeil pour procéder au rite magique. Elle tourna autour de lui avec son voile de soie en prononçant les paroles qu'il lui avait apprises. Aussitôt, il fut enfermé dans une prison d'air.

À son réveil, il réalisa ce qu'elle avait fait.

– Si vite ? soupira-t-il d'un ton de reproche.
– Vous êtes maintenant tout à moi.
– Je l'étais déjà, mais vous refusiez de l'entendre.

Cependant, sa prison était douce, pleine de musiques, de ciels et d'oiseaux. Viviane y venait souvent. Elle avait cru qu'elle serait libre et que Merlin serait à sa merci. En réalité, elle avait besoin de lui, de ses mots d'amour, de ses caresses, de ses jeux, de ses histoires fantastiques qui la tenaient en haleine des nuits entières. Sans lui, même le décor enchanté de son île et les plaisirs de son palais de cristal lui semblaient mièvres.

Elle vint le rejoindre de plus en plus souvent, c'était plus fort que sa volonté. Au point qu'un jour, elle y resta. La prison qu'elle avait créée pour lui était désormais la sienne.

Merlin n'ignorait pas ce qui allait advenir. Ce refuge hors du monde était sa dernière victoire, son plus bel enchantement. Là, ils allaient être heureux et s'aimer jusqu'à la fin des temps.

Découvrez toute la collection des

HÉROS DE LÉGENDE